JN077107

マドンナメイト文庫

名門女子校生メイド　お仕置き館の淫らな奉仕

深山幽谷

目次

contents

名門女子校生メイド　お仕置き館の淫らな奉仕

プロローグ

高校が夏休みに入って一週間ばかりたった或る日、母親の梨華（りか）が朝食を作るためにキッチンに入っていくと、無人のダイニングテーブルの上に鉛筆で走り書きをしたメモが残されていた。

「友だちが給料のよいアルバイトを紹介してくれたので、ちょっと働きにいってくるわ。二学期が始まる前に帰るから、探しちゃいやよ。もし警察に捜索願いなんか出したら永遠に戻らないからね。

摩耶（まや）」

第一章　高給メイドバイトの罠

1

「このまま家出しちゃおうかな」

倉田(くらた)摩耶は電車に揺られながら、そんなことを心の片隅にチラチラとわきあがらせた。書き置きを残して横浜郊外の自宅を抜け出した彼女は、ＪＲ東海道線に乗って伊豆(いず)半島の目的地へ向かっているところだった。

摩耶は中高一貫の進学校として有名な私立横浜聖進(よこはませいしん)学園の生徒で、今年の四月に高等部に進学したばかりである。

しかし、高校生になってから急にグレはじめ、五月の連休後は学校に行く代わりに昼間から繁華街をうろついたり、母親が出勤したあとの自宅に戻って時間をつぶしたりすることが多くなった。

聖進学園は偏差値の高い私立有力校だが、彼女が授業をさぼるようになったのは学業についていけないからではなかった。むしろ勉強は得意なほうで、中等部では常に学年で十番以内に入っていたくらいである。

摩耶をつまずかせた原因はいろいろ考えられるが、根本的には家庭内のごたごたと、そのことから引き起こされた母親との仲違いによるものであった。

摩耶は母一人娘一人という母子家庭の境遇にあった。二年前に父親の康平を突然の心臓発作で亡くしてしまったのだ。

ただし、母子家庭といっても梨華がしっかりした職業に就いているので経済的には比較的恵まれていた。大学出の梨華は結婚したあとも共稼ぎで外資系の証券会社に勤め、証券アナリストとしてかなりの高給を得ていたのである。

それで、摩耶は康平が亡くなったあとも授業料の高い私立校を辞めずにすんだのだが、肝心の本人がすっかりやる気をなくしてしまっていた。このままずるずる不登校をつづければ、出席数不足で留年か退学かを免れられない情勢である。

摩耶もそのことはわかっていて、そろそろ真面目に出席しなければヤバいと思うのだが、母親への当てつけについ非行に走ってしまうのだった。

摩耶がこれほど梨華に反発するのは、彼女が康平の死後一年足らずのうちに新たな恋人を作ったからである。父親っ子で康平が大好きだった摩耶にとって、梨華の行為は裏切りにも等しいものだった。

もちろん、梨華にも言い分はあった。彼女は不倫などをしているわけではなく、相手との再婚を真剣に考えていたのだから。

男性は梨華よりも二つ年下の三十九歳で椎名逸郎(しいないつろう)といい、大手の広告代理店に勤めるコピーライターである。一度離婚をしているが子供はおらず、連れ子のある梨華の再婚相手としてうってつけであった。

それで、梨華は摩耶を交(まじ)えて三人でいっしょに外食をしたり、逸郎を自宅に招待したりして、娘を彼になつかせようとした。

しかし、梨華の企てはうまくいかなかったばかりか、かえって摩耶の態度を硬化させた。たしかに、逸郎はコピーライターであるだけに摩耶のような若い娘にも話を合わせることができ、また話術も巧みであった。

だが、摩耶にしてみれば、逸郎とうまくやっていけるかどうかの問題ではなく、梨華が康平のことを忘れて再婚しようとしていることが許せなかったのである。

それで摩耶は反抗的な態度をとったり梨華を困らせるような非行を繰り返したりして学業から落ちこぼれていったのである。

もっとも、グレた原因をすべて母親に押しつけるには無理があった。彼女本人も不良となる要素を持っていたのである。

「若い男の前でデレデレしちゃって！　ほんと、みっともないったらありゃしない」

摩耶は移りゆく車窓の景色に目をやりながら、心の中で思いきり梨華を罵倒した。彼女は梨華が年下の逸郎と仲むつまじく手を繋いでいるのを目撃したことがあるのだ。彼女はその光景を思い出すたびに、虫酸の走るような嫌悪感をわきあがらせた。

「不潔もいいところよ。ブスのくせに、一丁前に色気を出すなんて」

摩耶の悪口は母親憎しの感情に支配されているので、ブスというきめつけは当を得ているとは言い難かった。ただし、色気に関しては彼女の言うとおりであった。梨華は四十を一つ越えているがまだ若く、女としての魅力をじゅうぶんに備えていた。だからこそ前夫との死別後、もう一度人生の花を咲かせようという気になったのである。

だが、母親の衰えぬ色気こそが摩耶にとっては癪の種で、彼女をイライラした気分にさせるのであった。というのは、摩耶自身ここ最近女っぽくなって、梨華をライバル視するようになったからである。

摩耶はハンサムだった故人の血を受け継いでいて、もともと整（ととの）った顔立ちの少女であった。中等部の頃までは化粧っ気がなかったので地味な印象だったが、高等部に進学する前後から急に大人びて美少女の面立（おもだ）ちに女らしい雰囲気が加わった。

また、顔だけでなく、肉体も成熟の兆しを見せはじめた。以前は骨格に肉がついていけずひょろっとしていたのが、今では乳房や尻が発達して魅力的な女の体型へと変貌を遂げている。

そして、何より、摩耶自身が「女」を意識するようになった。つまり、母親の色気を非難する彼女自身に色気が出てきたのである。

そうなると、摩耶が梨華を見る目は女が女を見る目となり、彼女を康平への裏切り者と断罪する一方で、年下の男とのセックスにふける淫乱な熟女と捉えるのであった。摩耶が「不潔」と吐き捨てるように言ったのも、彼らの淫らな肉体関係を想像してであった。

しかし、摩耶自身が色気づいてしまった現在では、男女の肉体関係を不潔と思う心の底には、奔放な恋をする梨華への羨望と嫉妬が渦巻いていた。いわば、彼女もセックスへの憧れと欲望に支配されていたのだ。

こうして摩耶は母親との喧嘩を直接的原因としながらも、彼女自身の心の中にある情念に押し流されて学業からドロップアウトするようになったのである。

「あの二人が結婚したら、もう本当に家出しちゃうからね」

摩耶はそう決心していたが、実際に家出をするためには金が必要である。今回のアルバイトはそのための資金稼ぎで、遊び友だちの美和がやっていた割のよい仕事を彼女が引き継ぐことになったのだ。

アルバイト先は伊豆なので自宅から通うことはできない。それで、住み込みということになったのだが、むしろ摩耶にとっては都合がよかった。梨華を心配させてやることができるし、また家出の予行演習にもなるからである。

そんなことを考えているうちに電車は熱海駅に到着した。列車は沼津行きだが摩耶の目的地は伊東なので、熱海で伊東線に乗り換えなければならない。

だが、ここまでやってくると、むしろ梨華のことよりもアルバイト先のことが気になりだした。

彼女はホームの反対側に止まっている伊東行きの電車に乗って発車を待ちながら、未知の仕事を想像して胸をドキドキと高鳴らせた。

2

終点の伊東で電車を降りて改札口を通り、駅前の広場に出ると、迎えの車がちゃんと待っていてくれた。スマホで到着時刻を知らせておいたのだ。

「おはよー、摩耶！」

「おはよう、美和！」

タクシー乗り場からやや離れた位置に停車したSUVの助手席から降りてきたのは友人の美和であった。もっとも、友人といっても高校は別々だし、互いに相手の苗字も知らない遊び友だちである。しかも、摩耶が美和と知り合ったときには彼女はすでに高校を中退していた。

美和は摩耶と同い年だがずいぶんとませていて、最近摩耶が気にする色気に関しては彼女のほうが遥かに上であった。デニムのホットパンツを穿いて股間近くまで脚を露出し、上半身にはホルターネックのタンクトップを着て両肩を丸出しにしている。むちむちした肉体をこれ見よがしに晒し、またマスカラ、アイシャドウ、口紅などを用いて顔にばっちりメイクを施している。まさにイケイケのヤンギャルといった雰囲気の少女であった。

　美和はすでに何人もの男とセックス経験があるといい、また小遣い目当てに三、四十代の大人と援交をしているという噂もあった。

　摩耶はそんな危ないことをやっている美和のアルバイトを引き継ぐことに一抹の不安を感じていたが、一週間働けば十万以上稼げるという破格の給料に惹かれたのである。

　さらに、摩耶の心をくすぐったのは、美和の言う採用条件であった。美和はＬＩＮＥで「このアルバイトは美人じゃないと採用されないから、わざわざ摩耶に声をかけたのよ」と言ってきたのだ。それで、彼女はすっかりその気になったのである。

「麗子（れいこ）さん、この子が摩耶よ。ほら、美人でしょう」

　美和はＳＵＶの運転席から降りてきた三十代の女性を振り返って摩耶を紹介した。

　麗子と呼ばれた女性はふくよかな肉体を白のパンツと黒いレースの半袖ブラウスに包み、ウエーブのかかった髪を肩まで垂らしていた。バストとヒップの肉がそれぞれブラウスとパンツの生地をパンパンに盛りあげているさまは迫力じゅうぶんで、彫りが深くて派手な顔立ちとともに摩耶の目を見張らせずにはおかなかった。

　しかし、麗子は麗子で摩耶の顔立ちに視線を惹きつけられていた。

「うん、写真どおりね。なかなかいいじゃない」

麗子は納得したように言った。写真というのは、自撮りのスマホ写真である。摩耶は美和に言われるままに自分の顔を撮り、あらかじめ彼女に送っておいたのだ。麗子はそれを見ていて、実際に現れた本人と見比べたのである。

「合格ですか」

「うん。美和のお仕事を引き継いでもらうわ」

「よかったわね、摩耶。私が言ったとおりでしょう。摩耶が美人だから採用してもらえたのよ」

「……」

美和にそう言われて摩耶は内心ほっとした。わざわざ電車賃と時間をかけて伊豆半島までやってきて、不採用と言われたらどうしようかと思っていたのだ。それに「美人だから採用された」という美和の言葉が彼女を誇らしげな気分にさせた。

「麗子さん！　私はこれで帰っていいんですね」

「ええ、いいわよ。ただし、こっちで見たり聞いたりしたことを、他人にぺらぺらとしゃべらないようにね」

「わかっています……じゃあね、摩耶」

「えっ？　美和！　帰っちゃうの」

摩耶は驚いて訊き返した。一日ぐらいいっしょに働いて仕事の引き継ぎをしてもらえると思っていたのだ。

「仕事のことは麗子さんが教えてくれるわ。麗子さんはお屋敷で旦那さまの次に偉い人だから、ちゃんと言いつけに従うのよ。私の代わりにしっかり働いてちょうだい」

美和は後部座席から大きなショルダーバッグを取り出すと、それを肩に担いでさっさと駅の構内に入っていってしまった。

「さあ、行きましょう。車に乗って！」

「……」

摩耶は麗子に促されてSUVに乗ったが、不安に胸をドキドキと高鳴らせた。知り合いがいなくなったことで急に心細くなったのだ。美和は摩耶にとって遊び友だちの一人にしかすぎず、苗字も知らない仲だった。だが、彼女がいるのといないのとでは安心感に天地の差があった。

「お仕事の内容は知っているわね」

麗子は車を発進させると、すぐに助手席の摩耶に話しかけた。美和が、屋敷で二番目に偉い人だと言っただけあって、摩耶に対する彼女の口調はそれなりに高圧的であった。

「ええ……美和から少しだけ聞きました。別荘に住み込んでメイドのお仕事をすると
か」

「うん、そうよ。ただし、別荘には通いの家政婦と住み込みのコックがいるから、炊事、洗濯、お掃除はしなくていいのよ」

「あの、メイド喫茶のメイドのようなことをするんですか」

「いえ、メイド喫茶とは違うわ。お仕事は、おもに旦那さまと奥さまのお世話をすることよ」

「……」

「ただし、うちの別荘にはいろんなお客さまがやってくるから、それらのお客さまのお世話もするの。応接するメイドが不細工だとみっともないでしょう。だから、美和に言って美人の子を探させたというわけ」

「……」

摩耶は麗子の言葉を聞くとちょっと嬉しくなった。美和が探し出した「美人の子」とはつまり彼女であったのだから。

しかし、麗子はそれにつづけて思いがけないことを言った。

「でも、美人だけじゃまだ不足なのよ。体もよくなくちゃね。美和は美人というよりも色気満点の娘でムチムチの体をしていたけれど、おまえはどうなの」

「えっ？……」

摩耶は狼狽（ろうばい）と当惑の声をあげた。初対面の相手にいきなり露骨な質問をされたのでびっくりしてしまったのだ。しかも、麗子は摩耶のことを「おまえ」と高飛車に呼んだ。給料のよさに惹かれてアルバイトに飛びついた彼女だが、麗子の態度と話しぶりから好条件の裏には何かあるという気がしてきた。

「どうって……あの、肉体のことですか」

「ええ、そうよ。おまえは自分の体に自信がある？」

「そ、そんなことはわかりません」

「裸になって鏡を見ることがあるでしょう。他人より大きいおっぱいだとか、形がいいお尻だとか思ったことはないの？」

「だって、他人のおっぱいやお尻なんて見たことないですから」

「そんなことはないだろう。おまえぐらいの年頃になれば自分や他人の肉体が気になって、ネットでいろんな裸体の写真や動画を検索したりするんじゃないの」

「……」

「こうして服の上から見ると、けっこういい線をいっているようね」

麗子はハンドルを操作しながら、助手席の摩耶の体をチラチラ見ながら言った。少女はTシャツを着ていたが、高校生になってから体の発育はめざましいものがあり、乳房も彼女がひそかに自慢するほど急激にボリュームを増していた。

だが、摩耶にしてみれば、麗子にそう言われてもちっとも自信にならなかった。なぜなら、隣の運転席に座った麗子は乳房や臀丘のボリュームで少女を完全に凌駕していたからである。

「まあ、いいわ。別荘に着いて裸にすればわかるから」

「えっ!?」

摩耶は麗子の台詞にびっくりして思わず声をあげた。

「裸にするって、どういうことですか」

「おまえがどれだけ魅力的な肉体をしているのか、身体検査をするってことよ。美人で色気のある肉体の持ち主というのが採用の条件だからね」

「う、嘘！　そんな話……」

摩耶は絶句した。美人という条件は知っていたが、肉体のことは今初めて聞いたのである。

「自撮り写真をスマホで送らせたでしょう。あのとき、裸の写真もいっしょに送らせるつもりだったのよ。でも、そんなことをさせると、のちのち警察沙汰にならないともかぎらないからね。よくそういう事件があるでしょう？　ＳＮＳで知り合った男が少女に裸の自撮り写真を送らせてそれをネットで拡散したり、脅迫の種にしたりとか」

「……」

「まあ、今回は美和の推薦だから、だいじょうぶだろうと思ってね」

「じゃあ、身体検査を受けたあと、裸で働くんですか」

「場合によってはね。例えば、旦那さまと奥さまが裸でいるところに入っていくのに、おまえだけ服をつけていてはまずいだろう」

「旦那さまと奥さまが裸でいるって、どういうこと？……」

「旦那さまのお世話をするために雇われたのだから、お風呂場に行って体を洗ったり、寝室に行ってセックスの後始末をしたりすることも当然お仕事に含まれているのよ」

「セックスの後始末！　そんなことまでさせられるなんて……」

「高いお給料を払うのはなんのためだと思っているの。美和がホクホク顔で帰ったのを見たでしょう。あの娘は一週間ちょっと働いただけで三十万以上を持ち帰ったのっているんでしょう？」

「本当よ。嘘だと思うなら、電車の中の美和にＬＩＮＥで訊いてみたら。スマホを持

「三十万！　本当ですか」

よ」

「お給料の計算はどうやってするんですか」

摩耶はうわずった声で質問した。一週間で三十万円というのは高校一年の少女にとっては途方もない金額であった。彼女は仕事の内容がかなり危ない性質のものだと知ったものの、そのような大金がもらえるとなると不安よりも期待のほうが大きくなってきた。

「おまえの時給は千円よ。美和も同じだったけれど」

「えっ、そんなに安いの？　それなのにどうして三十万も？……」

「まあ、黙って最後まで聞きなさい。美和が大金を稼ぎ出したわけを説明してあげるから」

麗子は魅力的な金額で摩耶の関心を惹きつけると、給与がたくさんもらえるからくりを順々に話してやった。

「お屋敷ではおまえに個室が与えられて、その部屋にいるときはプライベートだけど、

部屋から外に出たら勤務時間として時給がつくの。だから、一日二十四時間のうち、個室で寝ている時間を除いた十五、六時間が時給の対象になるのよ。それだけで一万五千円になるってわけ。もちろん三食付きで、食堂でご飯を食べている時間までお給料が払われるのだから、こんないい条件はないでしょう?」

「……」

「それから、千円というのは昼間の時給で、夕方の五時からは三倍になるのよ」

「ということは、時給三千円?」

「そうよ。ただし、時給が高くなるには条件があるの」

「きっと、裸で仕事をさせられるんだわ」

「よくわかっているじゃない。つまり、色気と肉体的魅力で勝負する夜のお仕事ってわけ。時給が三倍と聞くと、俄然やる気が出てくるでしょう」

「そんな、やる気なんて!……裸で仕事をするなんてことを、美和はひと言も言っていなかったんですから」

「言ったら、おまえが躊躇(ためら)うと思ったからでしょう。美和は時給が三倍になると聞いて、大喜びしたわ。あの子は割り切っているからね……おまえだって、美和のようにお金をたくさん稼ぎたいんだろう」

「でも、知らない人の前で裸になるなんて……」

「一日に三万近くも稼げるバイトを棒に振るっていうの。もし、裸になるのがいやというのなら、Uターンして駅に引き返すけれど」

「あ、あの……」

麗子にそう迫られると、摩耶は顔を火照らせながら戸惑いの声をあげた。やってみたいという思いは少なからずあったのだ。すると、麗子は餌を仕掛けるように猫撫声で言った。

「裸といっても、ブラジャーとパンティはつけていていいのよ」

「本当ですか」

麗子の言葉は少女を一安心させた。全裸にならなくてすむのなら、だいぶ気が楽である。ただ、彼女にはもう一つ気懸かりなことがあった。

「体を触られたりするんですか」

「触られるのがいやなの？」

「それはもちろん……セクハラですから」

「じゃあ、美和の手にしたボーナスは難しいかもしれないわね」

「えっ、ボーナスって？」

「旦那さまや奥さまの快楽に貢献すれば、時給とは別にボーナスが出るのよ」

「快楽に貢献するって……何をするんですか」

「さあ、何をするのかしらね。本当に見当がつかないの？　それとも、わかっているくせにとぼけているのかしら」

「！……」

麗子に皮肉っぽく言われ、摩耶はどぎまぎと狼狽（うろた）えた。たしかに彼女は快楽に貢献することの具体的な内容を想像することができた。すでに性に目覚めた少女は男女がどのような行為によって快楽を得るかということを知っていたのだ。

「これはあくまで自由意思だから、いやなら断ってもいいのよ」

麗子は摩耶の警戒心を解くように言った。しかし、彼女はつづけて美和を引き合いに出し、少女の心を大いに惑わせた。

「でも、ボーナスがつくと、時給と併せて一日のお給料が一気に倍額になるの。それで美和はわずか一週間で三十万も稼いだのよ。積極的に色気を振りまいて、自分の魅力をアピールしたからね」

「……」

摩耶はゴクッと生唾を飲み込んだ。たしかに、パパ活などといって援交までしている美和が快楽への貢献を積極的にやったことは容易に想像がついた。

摩耶は今回のアルバイトが尋常なものでないことは、美和に誘われたときから薄々察していたが、彼女自身一線を越える覚悟はついていなかった。だが、麗子からボーナスのことを聞くと気持ちがぐらっと傾いた。

「とりあえず、今日は午後から働いてもらうから、少しずつ仕事に慣れていってちょうだい。そのあとのことはまた考えればいいわ」

麗子はそう言うと会話を打ち切った。すでに伊豆半島内陸部の高原地帯に入ったSUVはアップダウンやカーブの連続する道を走って目的地に近づきつつあった。

3

「さあ着いたわ」

摩耶がメイドとして働くことになった別荘は伊豆高原の大室山（おおむろやま）の近くにあった。一帯は別荘地だが、麗子が車を進入させた屋敷は周囲の別荘に比してかなり規模が大きく、生け垣に囲まれた敷地には五、六台分の駐車スペースが設けられていた。そのうちの二区画は埋まっていて、黒塗りのベンツと軽のアルトが駐車していた。ベンツは主人のもので、アルトは通いの家政婦のものであろう。摩耶はそのように見当をつけた。

麗子は自分の運転してきたSUVをベンツの隣に停めた。

「降りなさい」

「……」

摩耶は麗子に促(うなが)され、荷物を持って車から降りた。

彼女の目の前には鉄筋コンクリート製の三階建て建築物が聳(そび)えていた。

部屋数が十五、六もありそうな堂々とした建物で、別荘というよりは本格的な住居、それも豪邸という雰囲気を漂わせている建造物であった。

摩耶は建物を見あげて驚き感心したが、持ち主は彼女や美和のような娘を高給で雇うのだから、これぐらいの屋敷に住んでいても不思議ではないと納得する面もあった。

「おいで」

麗子は摩耶を引き連れてエントランスに向かった。ひさしを張り出したポーチの石段を三つ上がったところが正面玄関で、麗子がその前に立つと重厚なドアが左右にスライドした。玄関は自動ドアになっていたのである。

「洋館だから、靴を履いたまま入っていいのよ」

麗子は摩耶を振り返って、そのまま中に入るように促した。

エントランスのホールはかなり広く、高い天井に埋められたいくつものライトが大理石の床を照らし出していた。壁にはアールデコ調の絵が掛けられ、レトロモダンな雰囲気を醸し出している。左右の奥行きは深くてそれぞれいくつかの部屋があるようだが、麗子は摩耶を従えて正面突き当たりに設置されたエレベータのところへ歩いていった。

「まず、荷物を置かなくちゃね」

エレベータの扉が開いてゴンドラに乗り込むと、麗子は三階のボタンを押した。すぐに扉が閉まってエレベータは二人を三階のフロアに運びあげた。

「こっちよ」

麗子は少女を連れて廊下を左手奥へ進み、一番端にあるドアを開けた。

「おまえの部屋よ。ここで寝泊まりするの」

「……」

摩耶はドキドキしながら中を見回した。その部屋が自分に与えられたものだと知って、住み込みで働くことの実感がわいてきたのだ。

住み込み用の居室は広くはないが窮屈で狭苦しいというほどではなく、シングルベッドとライティングデスク、そしてテレビを備え付けていた。トイレ兼用のバスルームもあって、他の部屋から完全に独立していた。これなら住み込みの生活であってもプライバシーは守られるだろう。

しかし、部屋から一歩出ればプライバシーは存在しないと思わなければならなかった。なぜなら、居室にいるとき以外は時給がつくと麗子は説明したが、それはとりもなおさずメイドとして雇い主に支配されるということなのだから。

「じゃあ、荷物をそこに置いて。階下（した）に戻るわ」

摩耶がデイパックを下ろすと、麗子は彼女を連れて再び廊下に出た。そして、今度はエレベータを利用せずに、部屋を出てすぐのところにある階段を下りていった。摩耶に建物の構造を飲み込ませるためなのだろう。

階段を一階まで降りたところは従業員用の食堂を兼ねた厨房に繋がっていて、手前の食堂では白いコック服を着た男が椅子に座ってテレビを見ていた。

「翔吾（しょうご）、新入りの子よ。摩耶っていうの。今日から住み込むことになったから、面倒見てやってね」

麗子は摩耶を連れて食堂に入り、休憩中のコックに彼女を紹介した。

「摩耶、この人は別荘専属コックの翔吾さんよ。おまえはこの人に三食賄（まかな）ってもらうのだから、ちゃんと挨拶をしておきなさい」

「よろしくお願いします、翔吾さん」

「うん？　美和の後釜か」

コックは椅子から立ちあがると、摩耶をじろりと見つめた。彼はまだ若くて二十代の後半といった年頃だが、コックという職業柄か腹回りはけっこう大きくて貫禄じゅうぶんだった。摩耶を見る目は好色そうだが悪気はないようで、どことなく人なつこい印象を与えた。

「美人だな、ネエちゃん。男にモテるだろう」

「いえ、それほどは……」

摩耶は謙遜したが、内心嬉しくなった。美人と言われて嬉しくない者はいないだろう。しかも、彼女の場合、美和や麗子のお墨付きまで得ているのだ。

「麗子さん、こっちのほうが美和より旦那に気に入られるんじゃないですか」

翔吾は摩耶の顔をじろじろと見つめると、麗子に向かって感想を言った。

「まあ、あっちは色気ムンムンのイケイケ娘だったからね。摩耶はどの程度の色気があるか、実際にお務めをさせるのが愉しみね……ところで、この子にお昼を食べさせてやってもらえるかしら」

「おやすい御用ですよ。麗子さんの分もいっしょに作りますか」

「いえ、私はあとでいいわ……摩耶、おまえはここでお昼ご飯を食べさせてもらいなさい。私はちょっと席を外すけれど、すぐに戻ってくるから」

麗子はそう言うと、摩耶を残して食堂を出ていった。

「チャーハンと麻婆茄子(マーボナス)にしてやろうか」

小太りで丸顔の翔吾は厨房に入ると、摩耶に向かってカウンター越しに訊(たず)ねた。

「お願いします」

「椅子に座って待っていな。すぐに作ってやるから」

翔吾は冷蔵庫から肉や野菜などの材料を取り出すと、まな板のうえで切り刻んだりフライパンで炒めたりと手際よく料理をして、たちまち二品を作りあげた。

「へい、お待ち！　取りにきな」

二皿の料理がカウンターの上に並ぶと、摩耶は立ってそれらを取りにいった。

食堂といっても賄いの食事をするところなので、テーブルは一つきりでその周囲に椅子が二、三脚置かれているだけだった。摩耶は箸立てからスプーンと箸を取ると、出来立ての料理を口に運んだ。

「どうだ、うまいか」

「ええ、おいしいです」

翔吾に問われて摩耶は素直に返事をした。実際、チャーハンも麻婆茄子もとてもおいしかった。若いが別荘の専属コックになっているだけあって、翔吾の料理の腕は確かであったのだ。

「ネエちゃん、美和とお友達か」

摩耶が食べている最中に、翔吾はカウンターの向こうからまた話しかけてきた。

「お友達っていうほどじゃないけれど……」

「あの娘は顔はイマイチだけど、肉体はムチムチだったな。おいらの目をずいぶん愉しませてくれたものだぜ」

「美和は翔吾さんに裸を見せたのですか」

「メイドには給仕の仕事があるからな。旦那はいつもエレベータの反対側にある大食堂で食事をするんだが、そのときにメイドは料理を出したり下げたりするために、厨房と大食堂のあいだを往ったり来たりするんだ。厨房に来るたびに剝き出しのおっぱいをカウンターに向かって突き出し、帰るときには素っ裸のケツをクネクネと振りながら料理を運んでいくって寸法だ。なんともわくわくするような眺めだったぜ」

「そんな、嘘！　麗子さんはブラジャーとパンティをつけていいと言っていたのに

「……」

「じゃあ、方針が変わったのか。美和は乳房と尻を丸出しにして魅力が増したが、ネエちゃんは裸にしてもあまり見映えがしないと判断されたのかな」

（まあ、失礼ね！）

ブラジャーとパンティをつけて仕事ができるのは歓迎すべきことなのに、摩耶は心の中でむっとした。翔吾の台詞を聞いて、すでに別荘を離れている美和にたいするライバル心がわきあがってきたのである。

「美和のおっぱいやお尻ってそんなに魅力的だったんですか」

「まあな。ガキのわりには妙な色気があって、おいらをムラムラとさせたぜ」

「……」

「ヒヒ、美和の裸が気になるのか。それならネエちゃんもおっぱいやケツを見せてくれれば、おいらが優劣を判定してやるぜ」

「と、とんでもない！　いやです」

「いやと言っても、この屋敷で働くからには屋敷の決まりに従わなければならないんだぜ。旦那がネエちゃんを見て、麗子さんとは違う判断を下すかもしれないからな」

「旦那さまって、どういう人なんですか」

「とても厳格な教育家だ。自分の作った決まりや教えを守らないと激しくお怒りになる。それで、美和も仕事の最中にヘマをやらかしてずいぶんと叱られたものだ。ネエちゃんも旦那のご機嫌を損ねないように気をつけることだな」

「……」

摩耶は翔吾に警告されてまた不安になってきた。実は彼女は美和から別荘の主人のことを詳しく聞いていなかったのだ。

「奥さまは？」

ついで摩耶が女主人のことを訊ねると、翔吾は訳ありげな笑いを込みあげさせた。

「奥さまだと？　ヒヒヒ、奥さまはな……」

謎めいた声の響きはどことなくいやらしげで、訊かなければよかったという後悔を少女に起こさせた。

「奥さまはな、鎌倉の本宅で病気療養中だ。それでこちらの別宅にはもう一人の奥さまがお通いあそばすんだ。つまり、第二夫人ってわけだ。だから、ネエちゃんは第二夫人のお世話をするということになる」

「えっ？　二人も奥さまがいるって、どういうこと？」

「ヒヒヒ、もしかしたら、第三夫人もいるかもしれないぞ。まあ、そのうちにわかるだろうよ」

「……」

翔吾にはぐらかされて、摩耶はますます混乱した。厳格な教育家なのに複数の妻を持っている屋敷の主人とはどういう人物なのか、まったくイメージがわいてこなかったのだ。

彼女は翔吾からもう少し詳しい話を聞きたかったが、そのとき麗子が食堂に戻ってきた。

「お昼は食べ終わった？」

「はい」

「じゃあ、行きましょう」

麗子は摩耶を立ちあがらせると、例によって彼女の先に立ってさっさと食堂を出ていった。摩耶は慌てて食器をカウンターに戻して翔吾に「ごちそうさま」とお礼を言い、麗子のあとを小走りに追った。

第二章　新米メイドのペニス奉仕

1

「身体検査をするわ。いいわね」

「……」

住み込み用の居室に戻ってきた摩耶は、麗子に告げられると黙ってうなずいた。屋敷に来る途中に麗子から給与面でのいろんな条件を聞かされ、それなりに覚悟をしておいたのである。

「バスルームで脱いでおいで」

「あの……全部ですか」

「もちろん全部よ。それから、性器とアヌスもきちっと洗ってきなさい」

「……」

麗子の言葉を聞いて、摩耶は身体検査がそれらの箇所に及ぶことを悟った。しかし、もう命令に従うよりほかなかった。彼女はバスルームに入り、Tシャツやジーンズ、ブラジャー、パンティなどを脱いで素っ裸になり、シャワーの湯を秘部に注いだ。そして、生まれたままの姿で室内に戻り、麗子の前に立った。

「あら、いい線いっているじゃない。上々の肉体よ」

麗子は摩耶の裸体を一目見て賛嘆の声をあげた。

バスルームから出てきた摩耶は羞恥と緊張感に肌を熱く火照らせ、左右の手を乳房と股間の上にあてがっていた。しかし、それぞれの秘部を隠していても、少女の肉体が魅力的なものであることはじゅうぶんに窺われた。スリムなボディと対照的に乳房は大きく膨らみ、丸みを帯びたヒップもかなりのボリュームを誇っていたのである。しかも、若いだけあって肌に弛み(たるみ)がなく、上下とも弾力性たっぷりのプリプリした肉塊を形作っている。

「プロポーションがいいことは、服を着ていてもわかっていたけれど、脱いでみると思った以上にインパクトがあるわね。さあ、手をどけておっぱいを全部見せなさい」

「……」

摩耶は乳房を覆っていた手を脇にのけて椀型の肉塊を双つとも麗子の視線に晒した。

恥ずかしさと抵抗感はあったが、麗子が同性なのと彼女から褒められたこともあって、多少なりとも気が楽になっていたのである。

彼女の乳房はガラスの上の水滴が表面張力でぷるぷると張りつめているかのようにボリューム感あふれる椀形を保ち、肉薔薇色の先端部をピンと尖らせていた。

麗子は露となった乳首にじっと視線を注ぎ、ついで摩耶の表情を確かめるように顔を覗き込んだ。少女は冷徹な視線に出会ってはっと狼狽え、思わず視線をそらした。

すると麗子はその一瞬を突き、すばやく手を伸ばして乳首の突起をつまんだ。

「きゃっ!」

摩耶はビクンと体を震わせて甲高い悲鳴をあげた。乳首を挟んだ指はかなりの力で敏感な肉突起を押しつぶした。しかし、乳首に走る痛みもさることながら、摩耶は他人にそのようなことをされてすっかり動転してしまったのだ。

「身体検査と言ったでしょう。目で見るだけじゃなくて指でも確認するのが検査よ」

麗子は落ち着いた口調で言い聞かせながら、乳房の肉塊を左右交互に揉んだり乳首をひねったりした。

「乳輪や乳首の色は黒ずんでなくて見映えがするわね。感度もよさそうだし」

「……」

麗子がやっているのは同性に対するセクハラ行為そのものであるが、彼女にいわせればそれが身体検査なのであった。そして、また摩耶も息を詰めてじっとしていた。肉体を評価する麗子の言葉が耳に心地よく響き、抵抗する気持ちを忘れさせてしまったのだ。

「今度は下よ」

麗子はしばらくのあいだ乳房を指で弄(もてあそ)んでいたが、やがてそこから手を離すと視線を下腹部に向けた。新たなターゲットが性器であることは明白だった。

「逆三角形の茂みね。もうちょっと面積が小さければ言うことなしだわ」

麗子の言うとおり、ほどよく盛りあがった恥丘はほぼ逆三角形の黒々とした茂みに覆われていた。その下のデルタは陰裂の媚肉をわずかに覗かせていて、生々しいエロティシズムを醸し出す寸前といったところである。

「いっそのこと、全部剃ってしまおうかしら」

「ひゃっ、とんでもない！　なんでそんなことをしなければならないんですか」

「お給仕をするときにここの毛がお料理に混じったら不潔だし、旦那さまやお客さまに大変失礼でしょう」

「裸でお仕事をするときでもブラジャーとパンティをつけていられると、麗子さんが言ったじゃないですか。パンティを穿いていれば毛が料理に混じるわけがありません」

「まあ、いいか。実際にお仕事をしてみて不具合が出たら、そのときに考えても遅くないから」

麗子はそう言いながら恥丘を軽く撫で、さらに陰裂の媚肉を指でえぐるようにこすった。

「あわっ……」

「ふむ、変なオリモノはないようね」

麗子は摩耶の戸惑いをよそに、性器をえぐった指の匂いを熱心に嗅いだ。

「お食事の最中に性器のきつい匂いがしたら、お料理が台無しになるからね」

「だったら、裸でお給仕なんかさせなければいいんです」

「ホホホ、腐ったチーズのような強烈な匂いじゃ困るけれど、適度な匂いはかえって食欲を増進するのよ」

麗子は笑いながら言ったが、世間の常識とかけ離れた言葉は摩耶を戸惑わせるばかりであった。

「さあ、後ろを向いてごらん。最後にお尻の検査をするから」

「あ、あの……変なところは触らないでくださいね」

摩耶は命令を拒むことができず後ろ向きになったが、麗子に釘を刺すのを忘れなかった。黙っていれば、尻の穴まで触られかねないと思ったのだ。

しかし、麗子は返事をする代わりにうなじを手で押して前屈みにさせ、半球を双つ連ねたような尻を後ろに突き出させた。

「おまえはずいぶんと得をしているわね」

「えっ？」

「スリムな体なので、おっぱいもお尻も実際以上に大きく見えるってことよ」

麗子はコリコリと張りのある尻を手のひらで撫でながら肉体の特長を言い当てた。

「まだ成熟しきっていないのに、立っているだけでもお尻のプリプリした膨らみが目立つもの。さらにこうやって前屈みになるといっそうボリューム感が増すわ……うん、いい感じよ」

麗子は感心したように言いながら、丸みを帯びた双臀をゆっくりと撫で回した。そしてときおり手のひらで餅肌の柔肉をぴしゃりと打ちはたいた。肌に伝わる刺激は痛みというほどのものではないが、摩耶を或る種の興奮に導くのにじゅうぶんであった。なぜなら、彼女は初対面の女の前に素っ裸の肉体を晒し、尻を平手で打ち嬲られているのだから。

「もっと腰を曲げて、両手をベッドの上についてごらん」

「……」

新たな命令は摩耶を不安の虜にした。しかし、身体検査という名分がある以上従わないわけにはいかなかった。彼女はベッドの脇に立った状態で腰を折り曲げて前屈みになり、シーツの上に両手をついた。

「どれ……」

麗子は双臀の小山を左右に押し開き、谷底にあるアヌスを指で軽く撫でた。

「？……あわっ、変なところは触らないでって言ったのに！」

「変なところじゃないわ。お尻の穴も立派な性感帯なのよ。おまえもこのお屋敷で働くのなら、セックスに関することをいろいろ覚えなくちゃね」

麗子は当然のような口調で言い聞かせながら、菊蕾の窪みをいじりつづけた。

「ひゃっ！　ど、どうして、そんなことを覚えなくちゃならないんですか」

「それがお屋敷の決まりだからよ。おまえは美和の紹介でここへきたのだから、美和と同じようにしなければいけないのよ」

「あうっ、美和は美和で、私は私ですから。私は美和と同じじゃありません」

「屁理屈を言うんじゃないの。おまえだって美和と張り合っていいお給料が欲しいんでしょう」

「……」

麗子に痛いところを突かれ、摩耶は反論する言葉を失った。たしかに、彼女は美和と張り合おうという気持ちがあったのだ。もちろん、美和の得た高額の給料は垂涎（すいぜん）の的だったが、その給与が性的魅力に反映されているとなると、美和と同等かむしろ彼女以上に肉体を評価されたいという思いがわきあがってくるのだった。

「あ、あん！　くすぐったい　そんな変態的なことを覚えさせないで！」

摩耶は仕方なく尻の穴を麗子に委ねたが、アヌスの媚肉を這い回る指の動きは痒いようなこそばゆいような、何とも微妙な感覚をもたらした。

「変態的と感じるのなら、快感があるということなんでしょう。美和もしっかりお尻の穴の快感を覚えたわ」

「そ、それで、彼女は快感を覚えたあと、どうなったんですか。だれかにお尻の穴を犯されたとか……」

「おまえも犯してもらいたいの？」

「ひゃっ、とんでもない！　いやです！」

「ホホホ、自分の快楽のツボを覚えるということは、相手の快楽のツボを知ることになるのよ。そこを刺激されたら相手が悦ぶということを知っておけば、お仕事がやりやすいでしょう」

「お仕事？」

「ボーナスのことを忘れたの？　快楽に貢献するお仕事よ」

「あっ！」

「わかったわね。おまえは旦那さまやお客さまの快楽のツボを心得て、さまざまに御奉仕して差しあげるの。そうすれば、美和のようにボーナスをもらえるというわけよ」

「……」

「さあ、これで身体検査はお終(しま)いよ」

麗子は摩耶の尻から手を離して検査の終了を告げた。

「美和と比べてどうでしたか」

「ホホホ、さっきから気になってしょうがないようね。それならはっきり言ってあげるけど、美和のほうが上よ」

「あうっ、やっぱり」

「ただし、それは色気という点での評価で、肉体自体はおまえもよいものを持っているわ。おっぱいやお尻なんか形が整っていてとても魅力的だからね」

麗子はがっかりしている摩耶を慰めるように言った。

「むしろ、将来的にはおまえのほうが上かもね。あっちは早熟でもう伸びしろはないけれど、おまえはこれからどんどんよくなっていくから」

「本当ですか」

「本当よ。だから、ここで働いているあいだに私の言いつけをきちんと守って、美和以上の色気をつけるのよ」

「はい」

摩耶は元気よく返事をした。麗子に素質を高く評価されて有頂天になったのだ。だが、この屋敷のメイドはどのような方法で「色気をつける」のか、そのことを知ったら摩耶は仰天してしまっただろう。

2

「下着を支給するからこっちへおいで」

麗子は室内に設置された第三の扉を開けた。

住み込み用居室はビジネスホテルのシングルルームのような構造になっていて、出入り口の扉を入るとすぐ右側にバスルームに通じるドアがあり、その先がベッドの置かれた居室になっていた。そして、バスルームの向かい側にもう一つの扉があったのだ。扉を開けると中は思いのほか広く、二畳分ほどの空間になっていた。そして、大きな姿見とともにメイドの着用するさまざまな服や下着が収納されていた。つまり、この小部屋はウォークインクローゼットだったのである。

「このブラジャーとパンティをつけてごらん」

麗子は数段に仕切られた棚の一つから二枚の白い下着を取り出すと摩耶の目の前にかざした。

「えっ⁉　ブラジャーとパンティ？　こ、これが……」

摩耶は麗子の示した下着を見て絶句した。

ブラジャーと称するものはカップのあるべき二カ所が刳り抜かれていてフレームのみである。いわゆるカップレスブラジャーだったのだ。

そして、パンティときてはどう見てもパンティとは言えない代物であった。なぜなら、白い腰紐を後ろで結ぶものだが、前には半円形の小さな布が垂れているだけだったからである。パンティというよりもむしろエプロンといったほうが相応(ふさわ)しいものであった。

「こ、こんなものがブラジャーとパンティなんですか」

「そうよ」

摩耶の問いに麗子は涼しい顔で返事をした。

「お仕事の最中は、こういうパンティやブラジャーをつけるのよ。裸になっても、ちゃんと下着をつけていられると言ったでしょう」

(だ、騙された！)

摩耶はブラジャーとパンティの実態を知って唇を噛んだ。裸になることをいやがる彼女を、麗子は甘言を弄して安心させたのだ。

「このほかにも、トップレスのブラジャーとか、Tバックのパンティ、Oバックのパンティなど、いろいろ取り揃えてあるわ。美和が使っていたものは全部彼女にお土産で持たせたから、ここにあるのは新品ばかりよ」

「あうっ、こんなものをつけたら、全裸でいるよりもかえっていやらしく見えてしまいます」

「それが色気ってものよ。身体検査のあと、私の言いつけを守って美和以上の色気を身につけると誓ったばかりでしょう」

「そんなぁ……」

「ほらっ、私がつけてあげる」

麗子は泣きそうな顔をしている摩耶を無理やり後ろ向きにさせると、ブラジャーを彼女の胸にあてがい背中でホックを留めた。フレームのみのブラジャーは椀型の乳房を剝き出しのまま白いフリルで縁取り、生育途上の肉塊にちょっぴり大人のエロティシズムをつけ加えた。

つづいてエプロン形のパンティも装着した。パンティといっても半円形のひらひらした小布が股間を覆うだけで、尻の側へ抜ける股布もない。いわば〝穿く〟パンティではなくて〝巻く〟パンティだったのである。

しかし、腰の後ろに回した紐を麗子がきれいに蝶結びをしてやると、それは丸くプリプリした少女の尻に可憐なエロティシズムを演出した。

「よく似合うじゃない。何もつけないよりもぐっと雰囲気が出てきたわ」

麗子は壁の大きな姿見に摩耶を向き合わせてエロティックな下着姿を確認させた。

「今からこの格好でお仕事をしてもらうわ」

「ひゃっ！　まだ午後になったばかりです。裸のお仕事は五時からじゃないんですか」

　摩耶は悲鳴をあげた。メイド用の下着を身につけた少女は全裸ではないが、乳房はカップレスのブラジャーに縁取られて丸見えになっているし、股間もエプロンが小さすぎて端から性器がチラチラと顔を出しかけている。いくら屋内とはいえ、そんな格好であちこち歩き回るのはよほどの図太い神経の持ち主でなければできないことであった。

「ラッキーでしょう。午後すぐから時給が三倍つくのだから。それに、免疫は早いうちにつけておいたほうが身のためだからね」

「免疫って？」

「セクシーな下着をつけることへの免疫よ。いつまでも恥ずかしがっていては仕事にならないでしょう」

「昼間からこんな格好をさせて、どんな仕事をするんですか」

「ちょうど旦那さまが入浴中なのよ。だから、おまえの最初のお仕事は、浴室で旦那さまのお世話をすること。それで、浴室用のメイド服を着せたってわけ。このブラジャーとパンティは撥水加工がしてあるので濡れにくくなっているのよ」

「じゃあ、旦那さまは素っ裸なんですか」

「もちろんよ。服をつけてお風呂に入るわけがないでしょう。素っ裸でオチ×チンも剝き出しよ」

「ひゃっ！　オチ×チンだなんて……」

「ホホホ、何を悦んでいるの。おまえもけっこう好きなのね」

摩耶が素っ頓狂な悲鳴をあげると、麗子は脈ありと見て上機嫌に笑った。彼女は、摩耶が人一倍性的好奇心の強い娘であることをそれとなく見抜いていたのだ。

「さあ、行きましょう」

麗子は摩耶を連れて部屋から出た。素っ裸同然の摩耶は恥ずかしさに肌を火照らせたが、麗子に手を取られているために彼女に従って歩いていかなければならなかった。

「旦那さまのお部屋も、旦那さまがお使いになる浴室も、おまえの部屋と同じ階よ」

麗子は歩きながら三階フロアの間取りを説明した。

「メイドは旦那さまのお部屋の近くに待機することになっているの。そうすれば、呼ばれたときすぐに伺（うかが）うことができるからね」

「じゃあ、自分の部屋で寝ていても呼び出しを受けることがあるんですか」

「あると思っていたほうがいいわね」

「そんな夜中に呼ばれて、いったい何をさせられるんですか」

「夜中のお仕事といえば、快楽に貢献することに決まっているでしょう」

「まさか！　旦那さまに犯されるんですか」

「それは旦那さまの一存ね。おまえに魅力があると思えば手を出すかもしれないわ」

「あわわっ」

「でも安心しなさい。旦那さまは紳士だから、おまえのいやがることは絶対にしないわ。ただし、おまえのほうから旦那さまのオチ×チンを欲しいというのなら別だけど」

「きゃっ！　オチ×チンって何度も言わないでください」

「ホホホ、何が可笑しいんだか……ほら、ここが旦那さまのお部屋よ。おまえの部屋から近いでしょう」

麗子は笑いながら一つの扉を示し、さらにいくつかの扉の前を通って摩耶をフロアの奥へと連れていった。そして、最後に一番奥まったところにある扉を開けて彼女を中に入らせた。

そこは更衣室で、曇りガラスのはめられたドアの向こうに浴室があった。麗子はドアをスライドさせ、中にいる人物に向かって声をかけた。

「新入りの摩耶を連れてまいりました」

「入れ」

「さ、お入り」

男の力強い声が返ってくると、麗子は摩耶を浴室の中に押しやった。

「ひゃっ……」

摩耶は無理やり押し込まれて思わず悲鳴をあげ、剝き出しの乳房を手で隠そうとした。だが、麗子はその手を後ろから押さえ、裸体の正面を浴室にいる人物へ向けさせた。

「旦那さま、今日から働くことになった摩耶です」

「美和の代わりのメイドだな」

広々とした浴室の窓は床から天井まで総ガラス張りで、伊豆の山々や富士山などを一望することができた。窓に接して掘り込み式の大きな浴槽がしつらえてあり、男は湯気の立つ温泉に首まで浸かっていた。

しかし、麗子に連れられた摩耶が浴室に入ってくると、勢いよく立ちあがって全身を露にした。

摩耶は屋敷の主人に実際に会うまでは、五十歳ぐらいの中年男を想像していた。というのは、麗子の用いる「旦那さま」という語がそのような年齢をイメージさせたからである。

だが、「旦那さま」は摩耶の予想よりも遥かに若く、母親の恋人である逸郎よりも年下と思われた。つまり、まだ四十にも達していないということである。

「摩耶、旦那さまにご挨拶をなさい。清河史人さまよ」

「あ、あの……摩耶です。よろしくお願いします」

摩耶は全身を熱く火照らせながら、屋敷の主人に向かって挨拶をした。声がうわずってしまうのは、全裸以上に卑猥な雰囲気を醸し出している肉体を男の目に晒しているからであった。

カップレスブラジャーのフレームに縁取られた乳房は乳暈や乳首の突起を双つとも完全に露出している。

一方、エプロン型のパンティは陰阜を覆う前布の位置が股間ぎりぎりで、ちょっと体を動かすと、レースのフリルに飾られた半円形の布地から恥毛やデルタの割れ目がはみ出してしまう。

しかも、摩耶は自分の裸体だけでなく、相手の裸体も意識しなければならなかった。

湯船の中で立ちあがった史人は当然のことながら全裸で、筋肉の隆々とした肉体とともに男性シンボルを剝き出しにしている。彼はそれを手で隠そうとせず、股の付け根に堂々とぶら下げていた。

「うん。美和が連れてきただけあって、いやらしいことの好きそうな娘だな」

史人は遠慮のない視線で摩耶をじろじろと観察しながら、あけすけな口調で評した。

彼は湯船の中で立ちあがって両手を腰に当てていたが、摩耶の裸体を目にして性的刺激を受けたようで、股間のペニスをつけ根から急角度にみるみる立ちあげた。

「摩耶、旦那さまに褒められてよかったわね」

「褒められた？　どうして……」

摩耶はおろおろとうわずった声をあげた。彼女は史人の言葉に大変なショックを受け、泣きだしたい気分に駆られかけたのだ。

「いやらしいことが好きだと言われるのが、どうして褒められたことになるのですか」

「好きこそものの上手なれというじゃない。いやらしいことが好きなら、テクニックの上達が早いでしょう」

「フフフ、おまえはいやらしいことなんか大嫌いなのか。そういう顔の娘だと言ってほしかったのだな」

麗子につづいて史人が皮肉たっぷりに言った。彼は湯船を出ると、床に置かれたバスチェアにどっかと腰を下ろした。摩耶に体の正面を向けて股を左右に開いた格好である。当然彼の一物は摩耶の視界の中心に入らざるをえない。それはすでに高々と隆起していた。

「ここへきたのは仕事をするためなんだろう。それなら、さっさと始めるんだ」

「摩耶、旦那さまの体を洗って差しあげなさい」

「！……」

摩耶はどきっと心臓の鼓動を高鳴らせた。仕事を行なうためには彼の間近に行かなければならない。いや、それどころか、仕事の性質上、体に手を触れなければならないのだ。

浴室で主人の体を洗うのがメイドの仕事に含まれることはあらかじめ聞いていたが、いざ実際に行なうとなると、緊張に体が震えてくるのを止められなかった。なぜなら、相手は剝き出しのペニスを股間にそそり立たせているし、摩耶自身もカップレスブラジャーにエプロン型のパンティと全裸同然の姿だったのだから。

「床にひざまずけ。下から順に洗っていくんだ」

史人は摩耶の雇い主であると同時に屋敷の主人でもあった。彼は麗子以上に支配者として摩耶に接し、彼女に隷従的な態度を強いた。

「……」

摩耶は史人に服従するよりほかなかった。麗子の身体検査を受けたことといい、命じられるままに卑猥な下着をつけたことといい、またその格好で全裸の史人に挨拶をしに行ったことといい、彼女は屋敷の雰囲気に呑まれ、すっかり感化されてしまったのだ。

彼女は史人の足もとにひざまずくと、ボディソープを振りかけたスポンジを用いて彼の体を洗いはじめた。

3

摩耶は屋敷の主人の足もとで、言いつかった仕事を懸命に行なった。椅子に腰掛けて大きく開いた脚を爪先から膝の上までスポンジでこすり、垢をすり落とすのである。しかし、彼女の作業はなかなか進捗(しんちょく)しなかった。右脚を洗うと左脚を洗うのだが、それが終わるとまた右脚に戻り、今度は足の裏にスポンジを這わせたりする。というのは、史人の言いつけどおり下から順に洗っていくと、脚のつぎは股間に聳えるペニスになってしまう。それで、摩耶の操るスポンジはいつまでも脚の上を往ったり来たりしているのであった。

「脚はもうじゅうぶんきれいになったから、つぎのものを洗うんだ」

「つ、つぎのもの？……」

「おまえの大好きなものだ」

「嘘！　大好きなんかじゃありません」

「じゃあ、大嫌いなのか」

「そ、そんなことは、わかりません」

史人に反問されると、摩耶は戸惑ったように返事をした。だが、大好きであれ大嫌いであれ、話がペニスに関するものであることは摩耶も暗黙の了解をしていた。彼女はさっきから脚を洗いながら、硬く勃起しているペニスにチラチラと視線を遣っていたのだ。

「摩耶、メイドのお作法に従ってそこの箇所を洗うのよ」

「メイドのお作法？」

「まず最初に『旦那さま、オチ×チン洗いをいたします』とお断りするの。いきなり手を触れては失礼だからね」

「！……」

「さあ、旦那さまに向かってお断りしなさい」

「うっ……旦那さま、オチ×チン洗いをいたします」

摩耶は監督者である麗子の命令に従わざるをえなかった。彼女は心臓をドキドキと鼓動させながら、史人に向かって卑猥な口上を言った。

「他の場所と違って、そこはスポンジを使わずに、ボディソープをつけた生の手で行なうのよ」

「ひゃっ、オチ×チンに直接手を触れるなんて！」

「フフフ、嬉しそうだな」

「本当！この娘ったら、いやらしいことによほど興味があるようで、何か言われるたびにキャアキャア叫んで悦ぶんですよ」

「悦んでなんかいません。オチ×チン洗いのお仕事は初めてなので、びっくりして悲鳴をあげたんです」

「なるほど。驚きはするが、いやがりはしないということだな。感心、感心！」

史人は勝手に解釈して摩耶を褒めてやった。それで、摩耶はもう断ることも拒絶することもできなくなってしまった。

「さあ、麗子に言われたとおり、素手で洗え」

「！……」

摩耶は生唾をゴクリと飲み込んでペニスに手を触れさせた。すると、そのタイミングを見計らって史人が股間にぐっと力を込めた。途端にペニスは彼女の手のひらの中でビクンと震えた。

「きゃっ！」

「どうだ、活きがよいだろう」

史人はビクビクと痙攣するペニスを少女の手に触らせながら、自慢するように言った。

「太いか」

「太いです」

摩耶はドキドキしながら返事をした。彼女は親指と他の四本の指を丸めてペニスを包み込み、その幹周りの太さを実感した。

「硬さはどうだ」

「硬いです」

史人が性的な興奮を感じていることは明らかだった。彼は摩耶の裸体によって視覚的な刺激を受け、さらに指や手のひらでペニスを触られることによって触覚的な刺激を享受していたのであった。

「さあ、おまえがいいと思うやり方で洗ってみろ」

「摩耶、旦那さまの快楽に貢献するチャンスよ。指をオチ×チンに絡めて、いっぱい悦んでもらいなさい」

「は、はい……」

摩耶は麗子の指図にインスピレーションを得たように、ボディソープにまみれてヌルヌルした指を太竿に絡めて撫でたりこすったりした。「快楽に貢献する」という言葉が摩耶を魔法の呪文のように支配していた。彼女はペニスを洗うという名目ながら、内実は男に劣情をいだかせるために指を動かすべきだと悟ったのだ。

「オチ×チンの膨らんでいる頂上は快楽の急所だから、じっくり撫でたり揉み込んだりするのよ」

摩耶の後ろに立った麗子は、初めての仕事にいそしむ彼女のために細かなアドバイスを与えた。

「もう片方の手も使って、オチ×チンのつけ根や玉袋を揉んで差しあげなさい」

「……」

摩耶は黙って言いつけに従った。けっしていやいやながらではなく、むしろ積極的に指や手のひらを動かした。性に目覚めた十六の少女は、大人の男性相手に淫らな行為をすることにドキドキするようなスリルと興奮を感じたのである。

史人は摩耶よりも遥かに年上で二十以上も離れているが、かといって爺臭い中年というわけではなかった。筋肉質でよく引き締まった肉体は運動選手を思わせるほどの逞しさを感じさせたのだ。

「うん、いいぞ。なかなか上手（じょうず）だな」

史人は満足げにうなずいた。彼のペニスはボディソープまみれのヌルヌルした指にこすられていっそう硬くなっていた。

「摩耶、きれいに洗って差し上げた？」

「洗いました」

「じゃあ、ボディソープをお湯で流してから仕上げをしなさい」

「仕上げ？」

「マットに仰向けになってもらって、きれいになったオチ×チンのケアをするのよ」

史人の座っているバスチェアの脇には厚いマットが敷かれ、枕も付属していた。主人はそこに横たわって、肉体洗浄後のケアをメイドから受けるというわけである。

だが、ケアという語は摩耶の不安をかき立てずにはおかなかった。

「ケアって、何ですか」

「完璧にきれいになったので、口に入れても不潔じゃありませんということを、身をもって示すのよ」

「えっ？　それって……」

「舌と唇でマッサージをして差しあげるの。それがオチ×チンのケアよ」

「わひゃっ！　フェラチオじゃないですか！」

「フェラチオはセックスの前戯でしょう。でも、このお仕事は純粋にオチ×チンのケアなのだから、フェラチオとは言わないのよ」

「そんなあ！　言わなくても、やることは実質的にフェラチオじゃないですか。フェラチオなんかできません」

「洗い方が足りなくて、まだ汚いの？　それなら、おまえの責任よ」

「いえ、汚くありません」

「じゃあ、舐めても不潔じゃないでしょう」

「いえ、そういう問題じゃなくて……」

「やりたくないの。それとも、旦那さまの快楽に貢献する自信がないの。美和はきっちりケアをして、旦那さまにたいそう褒められたわよ」

「うっ……」

美和のことを持ち出されると、途端に摩耶は反論できなくなった。美和がやった仕事であるなら、彼女を引き継いだ摩耶も同じことをしなければならない、という理屈を麗子は押しつけてくるのだが、彼女はそれに弱かったのだ。しかも、摩耶は美和にたいしてライバル心を持っていて、彼女に負けたくないという思いがあった。

「さあ、やってもらおう」

史人は摩耶の抵抗心が薄れたと見るや、バスチェアからマットへ移動して裸体を仰向けの大の字に開いた。もちろん、ペニスは滑らかな手で揉み洗いされたときのままに高々と屹立している。

「……」

摩耶は仕方なく要求に応じることにした。彼女はマットの上で大きく開かれた両脚のあいだに座り込み、身を屈めてペニスに顔を近寄せた。

「汚れがついている?」

「いえ、きちんと洗いましたから」

「不潔な臭いはする?」

「しません」

「それなら、安心して舐められるわね。唇と舌を使って上手にマッサージをしなさい」

「……」

摩耶は観念してペニスを口に咥え込んだ。

カリ張った亀頭を口の中に迎え入れると、摩耶は思わずむせそうになった。手のひらや指でサイズを確認しておいたつもりだが、口に咥えた感触はまたそれとは異なり、思いのほかボリュームがあったのである。

「むひゃ……(ふ、太い!)」

口の中にでんと居座ったペニスは巨大な肉塊で舌を圧迫したが、摩耶はそれを懸命に動かして亀頭に絡めた。そして同時に唇を窄めたり緩めたりしてペニスに淫らな触感を与えた。

「むむ……んむ」

「あんむ、むむ……」

「うむ。気持ちのいいマッサージだ」

史人は摩耶の淫らな奉仕に満足げにうなずいた。しかし、以前ほどの余裕はなく、声もどことなくうわずっていた。舌や唇の動きがペニスにもたらす刺激によってかなりの興奮を感じていたのだ。

「うむ！」

それでも史人は、多少の快楽を得たぐらいでは絶頂に達することはなかった。彼は摩耶以外にも何人もの女性にフェラチオをさせた経験があるのだ。史人はときおり下腹に力を込めてペニスをビクンと痙攣させた。そのたびに少女はぎくっと怯えたような表情を浮かべ、慌ててペニスを咥え直す。彼は摩耶のフェラチオを味わいながら、初々しい表情にいちだんと性的興奮を昂らせるのだった。

4

「あむ、うむ……ぺろ」

少女は慣れない仕事ながらも、懸命に舌と唇を動かして彼女の雇い主の快楽に貢献しようとした。

洗浄後のペニスをケアするために口でマッサージするという名目だが、実質は摩耶が主張したとおりフェラチオとなんら変わることはなかった。

はじめのうち摩耶は初対面で二十も年上の男のペニスを舐めることに逡巡と戸惑

いを感じていた。しかし、直前には彼女はボディソープのついた素手で彼のペニスを洗ったのである。そのような流れの中で行なうフェラチオなので、少女の抵抗感や戸惑いは徐々に薄れていった。

いや、むしろ摩耶も淫らな奉仕を行なうことによって次第に興奮してきた。彼女の舌遣いによって男のペニスがビクンと痙攣したり頂上の鈴口からヌラヌラした液を分泌したりするのがドキドキするようなスリルを覚えさせたのである。

「むにゃ、むんむ……ぴちゃ」

「フフフ、最初はこわごわ舐めていたのが、だんだんうまそうな顔になってきたな」

史人は枕に支えられて頭を持ちあげ、摩耶の顔をじっくり観察した。摩耶は大の字になった史人の左右の脚のあいだにひざまずいて口淫マッサージを行なっているので、ペニスを咥えた顔が彼の視線に捉えられているのであった。

「旦那さま、摩耶の参考になるように、美和がどんなマッサージをして旦那さまを悦ばせたか、聞かせてやってください」

麗子はわざと美和のことを話題にした。摩耶が彼女のことを気にかけているのを知っているので、対抗心を煽ろうとしたのである。

「フフフ、あれは実にサービス精神の旺盛な娘だったな。ペニスを頭から咥えてつけ根まで何度も往復したり、玉袋を口の中で転がしたりして私をずいぶんと愉しませてくれたものだ」

「……」

摩耶は史人が話すのを黙って聞きながら口淫マッサージをつづけたが、内心は穏やかでなかった。美和が行なったマッサージの破廉恥な内容を知ると体がかっと熱くなり、彼女に対する嫉妬とも軽蔑とも言えぬ感情がわいてきたのだ。美和はきっとボーナスに目がくらんでそんな卑しいサービスをしたのだろう。

摩耶は美和の振る舞いに対して舌打ちしたい気分であった。なぜなら、美和がそのような奉仕を行なったのなら、彼女の後任者である摩耶も当然同じことをしなければならない、というのが史人や麗子の理屈だからである。

しかし、彼女はかたくなに拒絶しようという意思よりも、美和よりも上手に仕事を行なって史人を満足させたいという気持ちのほうが強かった。すでに彼女はフェラチオという一線を越えてしまっている。ペニスを根もとまで咥え込むのも陰嚢を口の中でしゃぶるのもフェラチオの延長であるならば、それらを拒む理由はなかった。

「竿に沿って舐め下り、つけ根の睾丸を順繰りに咥えてマッサージをするんだ」

「はい」

摩耶は小声で返事をすると、亀頭から口を離して舌をペニスの胴部に這わせはじめた。大の字に仰臥（ぎょうが）している史人は硬直したペニスを臍（へそ）の側に向かってオーバーハング気味に聳えさせているので、彼の脚のあいだにひざまずいている摩耶にとって、竿の裏筋を上から下に向かって舐めていくのはポジション的に容易であった。彼女はヌルヌルした舌をペニスの表面に絡めつつ、肉竿を掃き清めるようにゆっくりと下へ向かって移動していった。

そして、縮れ毛に覆われたつけ根まで達すると、そこから垂れている陰嚢に唇を寄せ、片方の睾丸を口の中に入れた。

「むちゃ……」

睾丸を咥えるのは飴玉をしゃぶるような感覚だった。摩耶は舌で陰嚢越しに睾丸をしごいたり転がしたりして局所の肉塊に淫らな刺激を与えた。

「む、ぴちゃ」

もっとも、摩耶は自分の行為がどのような快感を史人にもたらしているのか、まったく見当がつかなかった。なぜなら彼女は女性なので、体にそのような器官を所有していなかったからである。

ただ、睾丸が急所であることは、そこに打撃を受けた男が股間を押さえて悶絶するというシーンをアニメやゲームで何度か見たことがあるので知っていた。それで、過大な刺激では苦痛を感じるが、適度の刺激では快感になるのだろうかなどと考えながら、彼女は口の中で陰嚢をねぶっているのであった。

「うむ、上手だ。美和に引けを取らないぞ」

史人のうわずった声は摩耶に自分の推測が当たっていることを確信させた。彼女は男の褒め言葉に力を得て、一方の陰嚢を口から出したり他方を咥えたりと交互にしゃぶりつづけた。

「むむ、ぴちゃ、ぺろ」

「美和は玉を二個いっぺんに咥えて口の中でこすり合わせたが、おまえはできるかな」

（できますよ！　それくらい）

史人の挑発的な台詞に摩耶は返事をしなかったが、心の中ではむっとして言い返した。彼女は男の注文どおり睾丸を二個とも口の中に入れて二個の球体に舌を絡めた。いわば、大きな飴玉を同時に二個口の中に入れてしゃぶるような感覚であった。

「あむ、あむ、むんむ……」

そうやって摩耶はペニスへの快楽奉仕をつづけたが、正直言って睾丸マッサージという仕事は生理的にはけっして愉快なものではなかった。

というのは、陰嚢の表面には恥毛が生えているので、それごと口に含むと、もじゃもじゃした毛の触感が舌に不快感を与えるからであった。

それでも、作業を行ないながらビンと聳え立つ亀頭にチラチラ目をやると、鈴口からヌラヌラした淫液があふれ出てくるのが観察できた。史人は確かにこのプレイで興奮しているのだ。彼女は自分のテクニックによって男が快楽を得ているのを知ると、生理的な嫌悪感を薄れさせて熱心に睾丸マッサージをつづけた。

「もう一度てっぺんから咥え込んで、口を上下に往復させるんだ」

「摩耶、ポジションを変えてごらん。旦那さまと逆向きになって胴体をまたぐのよ」

史人が新たな命令をすると、麗子がそれを行なうための体位に注文をつけた。

「……」

摩耶は仕方なく言いつけに従ったが、彼女は自分のつけているパンティの卑猥さをあらためて感ぜずにはいられなかった。

なぜなら、エプロン型のパンティは半円形の前布についた紐を腰の後ろで結ぶものなので、相手に体の正面を向けていれば前布でぎりぎり股間を隠すことができるが、尻を向けると後ろがまったく無防備に晒されてしまうからである。

摩耶は麗子の注文どおり体の向きを変えて史人の胴体をまたいだが、ペニスを咥え込むためには身を屈めて四つん這いにならなければならない。そうすると、半円形の前布は臍のあたりから垂れてまったく股間を隠す用をなさなくなってしまう。

しかも、史人の胴体をまたぐために膝は大きく割り込まれ、性器やアヌスが後ろから丸見えとなってしまっている。彼女は無防備な秘肉地帯に史人の視線を感じ、視姦される恥ずかしさに体を熱く火照らせた。

「さすがに若い娘だけあって、性器も尻の穴も初々しくてフレッシュな感じがするな」

「いやん！　見ないでください」

「フフフ、見られるのも仕事のうちだ」

「摩耶、最初に言ったでしょう。うちのメイドを務めるためには顔だけじゃだめだって。肉体の魅力がないと務まらないのよ」

「そんなぁ！　見られるのが一番恥ずかしい場所が魅力的だなんて。おっぱいだったらまだわかるけれど……」

「フフフ、乳房も魅力的だ。カップレスのブラジャーがよく似合っている」

「ほらね。こういう下着をつけて肉体の魅力を引き立たせると、旦那さまも悦ぶのよ。

パンティだって、後ろで蝶結びにしたリボンがお尻にかかって、性器やお尻の穴を引き立てているのよ。それを旦那さまがご覧になって悦ぶのだから、下着をつけた甲斐があるってものでしょう」

「あの……私のそこの部分って本当に魅力的ですか」

摩耶はおずおずと訊ねた。自分ではまともに見ることのできないクレヴァスの秘肉が、男の目にはどう映っているのか知りたいという気持ちに勝てなかったのである。

「魅力的イコールいやらしいというのなら、おまえの性器は魅力的だ。いやらしさたっぷりだからな」

「ううっ、意地悪……」

「やはり性器の毛を少し剃ったほうがよさそうね。毛深くて陰唇やその周りにまで毛が生えていると性器を隠すのに役立つけれど、かえってグロテスクな雰囲気を出してしまうからね。恥丘は毛に覆われていてもいいけれどラビアや割れ目ははっきり見えるほうがエロティックで魅力的なのよ。おまえだって魅力的な性器だと言われたいでしょう」

「あうっ、いやらしいのと魅力的なのが同じなら、あんまり言われたくないです」

「ホホホ、ここで働いていれば、すぐに言われたくなるわ」

「おまえの性器がいやらしいのは、発情しているのがよくわかるからだ」

「は、発情……」

「興奮すると、割れ目からマンづゆがとろとろとあふれてくる。おまえの性器はその一歩手前だろう」

「わひゃっ、そんなことは知りません！」

摩耶はびっくりして叫んだ。彼女は性器の形や色だけでなく、生理的な状態まで観察されているのだ。

「フェラチオをしていてだんだん興奮してきたのか。おまえは咥え好きの娘なんだな」

「そんなことはありません。第一、まだおつゆなんかあふれさせていません」

摩耶は必死に打ち消した。たしかに彼女は倒錯的な奉仕プレイに淫らな情感を募らせていたが、淫蜜をあふれさせるまでには至っていなかった。

「私よりも旦那さまのほうが興奮しているんでしょう。オチ×チンの頂上からおつゆをこぼしているじゃないですか」

「フフフ、おまえのマッサージで気持ちよくなったんだ」

史人は摩耶に指摘されても悪びれもせずに言った。

「それを舐め取って、亀頭全体に広げていくんだ」

「はい……む、ぴちゃ！」

摩耶は気を取り直して再び淫らな奉仕に従事した。ペニスに覆い被さって亀頭をすっぽり口に含み、ヌラヌラした先走りの液を舌で掬って鈴口以外の箇所を舐めた。それが終わると今度はペニスを咥えたまま顔を上下に往復させてペニスの胴部に淫らな刺激を送り込んだ。

「あむ、うんむ、んむ！」

「うん、上手いぞ。唇できゅっと締めつけてくるじゃないか」

史人は肉竿に生じる淫らな触感を味わいながら、摩耶のテクニックを褒めた。彼女はペニスを咥えた口を上下に動かしながら、唇を窄めて肉竿を締めつけたのだ。

そのようにして摩耶は洗浄後のペニスケアあるいはマッサージという名目のフェラチオをつづけたが、彼女自身も男のペニスを咥えたりしゃぶったりするという行為に興奮とときめきを覚え、少しずつ性器の奥を濡らしていった。

第三章　二穴挿入の淫らレッスン

1

昼下がりの明るい浴室の中で、メイドになったばかりの摩耶は史人への性的奉仕を黙々と行なった。

浴室にいるのは摩耶と史人の二人だけであった。麗子は摩耶の仕事ぶりを見て安心したのか、浴室から立ち去っていた。

しかし、摩耶は自分のやっていることを意識すると呆れる思いであった。十六の少女である自分が、初対面で二十も年上の男のペニスを舐めしゃぶっているのだから。

それで、彼女はときおり自己嫌悪と後悔じみた気分に陥るのだが、かといって仕事を投げ出そうとは思わなかった。

美和がやった仕事であれば自分もやらなければならないという義務感や、彼女へのライバル心が淫らな仕事をつづけさせたのである。

しかし、摩耶は史人のペニスを口に含みながら、美和だけでなく別の女性のことも意識していた。

別の女性とはほかでもない、母親の梨華であった。彼女は梨華が恋人の逸郎に同じことをしている情景を思い浮かべたのだ。

現在の摩耶は梨華と険悪な関係になっているだけに、彼女が逸郎に対して口淫サービスを行なっているなどと想像すると、ますます嫌悪感が募ってきた。だが、嫌悪を感じながらも、逸郎のペニスを舐めている梨華の姿を脳裏に浮かべると、胸が妙にドキドキして興奮してしまうのであった。

というのは、梨華に対する嫌悪と反発のうちのある部分は同じ女としてのライバル心が占めていたからである。それは相手が母親であるだけに、他人である美和に対するものよりも遥かに生々しい感情であった。

いわば、摩耶は自分の行為を母親の行為に重ねることによって、彼女とフェラチオのテクニックを競っているのであった。

「あんむ、うむ……むむ」

「フフ、上手いぞ。だいぶ熱心に舐めるようになってきた」

史人は摩耶のペニスマッサージによって淫らな情感を募らせながら満足そうに呟いた。しかし、マットに仰臥した彼にとって、快楽の源泉はペニスを刺激する舌や唇の触感だけではなかった。枕に頭を乗せて首を起こした彼の目には摩耶の後ろ姿が捉えられていたのだ。

摩耶は史人の胴体をまたいでいるが体の向きが逆なので、性器もアヌスも彼の目に隈無く捉えられているのであった。エプロン型のパンティは股間を覆う用をなさずに臍のあたりからひらひらと垂れているうえに、男を踏まないように左右の膝で胴体をまたいでいるために、ただでさえ無防備な尻はいっそう大きく割り開かれ、ラビアや菊蕾の媚肉を男の目と鼻の先にさらけ出している。じっとり濡れかけている性器から発せられる淫靡な臭いとともに、目の前にクローズアップされたラビアやクリトリスの眺めは彼の劣情を刺激してやまなかった。

「ペニスは旨いか、摩耶」

「……」

史人から狎れなれしい口調で訊かれても、そのペニスを口に含んでいる最中の摩耶は返事をすることができなかった。すると、男はきめつけるように言った。

「おまえはやはり咥え好きの娘だったんだな」

「あむ、違うって言っているのに……」

「いや、それだけ熱心に舐めるのだから、嫌いなわけがないだろう……どれ、調べてやる」

「?……わひゃっ！」

いきなり二本の指がラビアを割ってクレヴァスに侵入し、摩耶を慌てさせた。彼女は史人に尻を向けているので、相手の動きを見ることができなかったのだ。

「フフフ、思ったとおりだ。中はとろとろだな」

史人はヴァギナが淫蜜に濡れそぼっているのを確かめると、満足げな笑い声をあげた。

「ペニスを舐めて興奮したんだな」

「興奮しました」

摩耶は渋々返事をした。たしかに、彼女はフェラチオをすることによって、淫蜜が分泌してくるほどの興奮を覚えたのだ。

「それなら、やはりおまえは舐め好きのスケベ娘だ」

「あん、そんなに何度も言わなくてもいいのに」

摩耶は小声で言い返したが、抗議するよりはむしろ拗(す)ねるような口調であった。

「お返しをしてやるから、腰をもっと低くしろ」

「？……」

史人の注文を承けて恐るおそる腰を落とすと、大きく割り開かれた性器は仰向けの顔の間近にやってきた。史人は枕から頭を浮かせて股のあいだに顔を埋(うず)め、ラビアに縁取られたクレヴァスを舌で勢いよくえぐった。

「ひゃっ、そんなこと、しないでぇ！　シックスナインなんてしたことがないんです」

「あむ、いやらしい娘だ。ちゃんとシックスナインと知っているじゃないか……む、ぺろ！」

「ひゃいん！　割れ目がえぐられるぅ……あぁーん！」

摩耶は急所の媚肉を舐められる淫らな触感に度を失って甲高い声で叫んだ。史人のペニスを舐めているときは興奮してもじゅうぶんに理性を保っていることができたが、反対に自分が舐められるとたちまち快楽の坩堝(るつぼ)に落ち込んでしまったのだ。

「いひひいっ！　感じる……感じちゃう！……あいーん！」

「うむ、ぺろ！　旨いぞ。熟れきった熟女の濃厚な味にはかなわないが、青い果実でもそれなりの甘みがある」

枕から首をもたげた史人は摩耶の性器をペロペロと舐め回しながら独り言とも相手に聞かせるともつかぬ口調で感想を言った。

「蜜の量が多いので、性器の肉や襞がとろとろして舐め甲斐があるぞ……ほらっ、もっと腰を落とせ。私を窒息させるつもりで、股の割れ目を顔にぎゅうっと押しつけるんだ」

「あん、そんなことをしたら、穴の奥のほうまで舐められてしまう」

「それがおまえの望みなんだろう。ヴァギナの奥まで舐められてよがり狂いたいと、顔にちゃんと書いてあるぞ」

「嘘！　後ろから顔なんか見えないくせに」

「顔は見えなくても、発情して熱く火照っている性器は丸見えだ。おまえが心の中で願っていることを叶えてやろうというのだから、文句はないだろう。そらっ、ケツを落として性器を口にぐりぐりとこすりつけろ」

「そ、それなら……」

言葉巧みに挑発されると、摩耶は意を決して素っ裸の尻を落として股を男の顔に押しつけた。実のところ、彼女は浴室での性戯にすっかり夢中になり、局部への刺激が欲しくてたまらなくなっていたのだ。

「うむ、ぺろ!」

「あひゃん、あーん!」

男の繰り出す舌がヴァギナの襞や粘膜をえぐり、脳天の痺れるような快楽を摩耶の肉体にもたらした。お返しに摩耶は臼でも挽くかのように尻を回しながら史人の顔にぐりぐりと押しつけ、彼の口や鼻を淫猥な味と臭いで満たした。

彼女は麗子の身体検査を受ける前にシャワーで秘部をきれいに洗っていたが、今ではすっかり興奮してラビアの内外を淫蜜にまみれさせていた。その味と臭いがクンニリングスを行なう史人の感覚器官に伝わり、彼の官能を淫らに刺激するのだった。

「うむ、うむ! 本当に窒息しそうだな。思いのほか積極的な娘だ……ほら、これはどうだ」

「あひゃあーん! クリットがゾクゾクするぅ!」

クリトリスの肉芽を舌できつくえぐられた途端、摩耶は浴室中に響くよがり声をあげた。彼女の性器はもうすっかり潤っているので、多少乱暴なやり方で刺激されても苦痛を感じるどころか、かえって大きな快楽が得られたのである。

「あん、いいっ！　ジンジン痺れて鳥肌が立ってきます」

　摩耶は尻をヒクヒクとうごめかせながら史人の顔に股間を押しつけ、媚肉に伝わる快感を貪（むさぼ）った。

　そうやって摩耶と史人がシックスナインのプレイをしている最中に、いったん浴室から立ち去っていた麗子が戻ってきた。

「摩耶、しっかりお仕事をしている？」

「あわっ、麗子さん！」

　摩耶は男に性器を舐められながらも自身夢中になってペニスを咥えていたので、麗子が戻ってきたことに気づかなかった。

　それで彼女に声をかけられてはっとしたのだが、驚きはそれだけではなかった。再び浴室にやってきた麗子は服を脱いで素っ裸になっていたのだ。

　麗子の裸体は白くて丸みを帯び、一歩間違えれば肥満と言われかねないほどの肉感に満ちていた。しかし、ボリューム感あふれる肉体は背が高く堂々としていて、なかでもヒップやバストはひときわ大きく突出していた。いわば、メリハリのきいた凹凸感を印象づけるグラマラスな裸体だったのである。

　そして、彼女の恥丘はまったくの無毛であった。摩耶は身体検査のときに恥毛のトリミングについて言われたが、麗子は自らの肉体でちゃんと実践していたのである。だが、ヌルッとしたデルタの肌や媚肉の割れ目は生々しい卑猥さに満ち、摩耶の目にはこのうえなくいやらしいものと映った。

「麗子！　おまえもその気になったのか」

史人は麗子を見あげると、嬉しそうに声をかけた。

「摩耶がお仕事を一生懸命行なっていますからね。見込みのある娘なので、少しレッスンをしてやろうと思いまして」

麗子は手ぶらで戻ってきたのではなかった。彼女は摩耶をレッスンするための道具を籠に入れて浴室に持ち込んだのである。

しかし、とりあえず麗子はそれを摩耶の目に触れさせないように、史人の枕もとに置いた。

「フフフ、この娘は外見以上にスケベだから、仕込み甲斐があるぞ」

史人は麗子の意図を知ると、籠の中のものにチラチラと目をやりながら新米メイドを持ちあげた。

「私もそう思います。美和はもうできあがった娘でしたが、摩耶はみっちり躾けてやれば大化けする可能性がありますわ。レッスンの成果次第では今夜からすぐにでもパーティに参加させることが可能でしょう」

「フフフ、パーティか……そうなってくれれば、私の愉しみに花を添えられるというものだ」

史人と麗子は意味ありげな会話を交わした。摩耶の耳にも彼らの話は入ってきたが、彼女にはさっぱり意味がわからなかった。しかし、美和のあとを継いでメイドとなった自分が屋敷の異常なシステムの中に否応なく組み込まれていきつつあることだけは理解できた。

2

「摩耶、旦那さまにいっぱい舐めてもらった？」

浴室の明るい光の中に豊満な肉体を惜しげもなくさらけ出した麗子は、シックスナインの体位で史人の股間に覆い被さっている摩耶の頭を撫でながら狎れなれしい口調で訊ねた。麗子は自らの手で少女の肉体検査を行なったので、彼女に対ししてそれだけ親しみを感じていたのである。しかも、彼女はメイドに淫らな仕事をさせる立場から、性的な好奇心の旺盛な摩耶の性格を好ましいものと思っていた。

「舐めてもらいました……あん！　今でも舐めてもらっています」

摩耶は麗子の問いに双臀をヒクヒクとうごめかせながら、うわずった声で返事をした。仰向けの史人をまたいで四つん這いになった摩耶はペニスに舌を這わせつつも、後ろから性器をクンニされているのであった。

「いっぱい舐めてもらってよがるのはいいけれど、お仕事を忘れちゃだめよ」

「忘れていません。こうして旦那さまのペニスを口でケアして悦んでもらっています……あむう、んむ」

「咥え好きの娘ね。旦那さまもそう言って褒めてくださったでしょう」

「あむ、そんな褒め言葉なんていりません……むちゃ、ぺろ！」

「でも、おまえはまだ本物の咥え好きにはなっていないわね。この体位のシックスナインは口に咥えたまま亀頭からペニスのつけ根まで何度も往復するのよ」

「あむ、こんな長いオチ×チンを根もとまで咥えたら、咽喉に突き当たってしまいます」

摩耶はつけ根までと聞いて怯んだような声を洩らした。それまで彼女は亀頭から肉竿の半分程度しか口に咥えていなかったのである。

「だから、私がイラマチオのレッスンしてあげるのよ」

麗子はそれまで優しげに撫でていた髪をむんずと摑みなおし、顔をペニスのつけ根に向かって勢いよく押し下げた。

「ひゃわっ……むーっ！」

摩耶は慌てて顔を起こそうとしたが、思いのほか強い力に抗することができず、たちまちペニスを根もとまで咥えさせられてしまった。

「むんぐ、ぐは！」

太いペニスに完全に気道を塞がれ、摩耶は絶息の苦しみに咽喉を激しく痙攣させた。

「……」

麗子はそのまま二、三秒のあいだ摩耶の頭を押さえつけていたが、やがて頭を持ちあげてペニスの大半を口から出してやった。摩耶はゲホゲホとむせたが亀頭は依然として口の中にあり、彼女はそれを咥えたまま息継ぎをしなければならなかった。

「レッスンは、旦那さまのペニスを根もとまで繰り返し咥え込むこと。それから、根もとまで咥えた位置でじっとしていること。その二つができるようにするのよ」

「あうっ、一瞬だけでも苦しくてたまらないのに」

「だから、本物の咥え好きになって、イラマチオをしている最中に割れ目からおつゆをあふれさせるような淫乱娘になるのよ」

麗子は少女の髪を摑んでペニスを咥えさせたまま申し渡した。そして、後ろの史人を振り返り、

「旦那さま、籠の中にディルドウが入っていますから、それで摩耶の牝穴を突いてイラマチオの合図をしてやってください」

「わかった。道具の動きに口の動きを呼応させるというわけだな」

史人はすぐに麗子の意図を理解した。彼は籠の中をまさぐって一本のディルドウを取り出した。麗子が浴室に持ち込んだ籠の中にはさまざまな種類の性具が入れられてあったのだ。

「いいこと、摩耶？　旦那さまがディルドウを動かして膣の奥に進ませたら、おまえもその動きに応じてペニスを深く咥え込んでいくのよ。それがシックスナインのレッスンだから」

「うっ、そんな変なレッスンなんかやりたくありません」

「旦那さまがディルドウを使って気持ちよくしてくれるのだから、おまえも恩に報いなくちゃいけないでしょう。一センチ入れられたら、一センチ深く咥えていくのよ。私が髪を摑んでアシストしてあげるから、心配することないわ」

「ひいっ、それがつらいんです。無理やりオチ×チンを咽喉の奥に押し込まれて

「……」

「アシストしてやらなければ、自分では根もとまで咥え込めないでしょう。何度もレッスンを受けて、一人でできるようにしていくのよ」

「フフ、麗子がおまえのために、太さも長さもたっぷりあるディルドウを用意してくれたぞ」

史人は顔の真上に浮いている摩耶の双臀を見あげながら、ラビアを左右に開いている性器にディルドウをあてがった。彼が手にした性具は両端に膨らみを持つレズ用の双頭ディルドウで、全長が四十センチ以上あるものだった。

「そらっ、どうだ」

「うひゃあっ、おっきい！」

大きく膨れた先端部がラビアを押し分けて侵入してくると、摩耶はペニスを咥えた口から悲鳴を洩らした。

すでに彼女の性器はシックスナインのプレイで史人にたっぷり舐められ、唾液や淫蜜でヌラヌラしていた。

だが、生身のペニスを模して造られたディルドウは亀頭も竿も本物より一回り大きく、膣穴をめいっぱい拡げながら粘膜の壁をぐりぐりとこすりあげた。摩耶は快楽と苦痛の紙一重の地点で激しく興奮し、ディルドウのはまった双臀をブルブルと震わせた。

「こっちも咥え込んでいくのよ」

史人の操るディルドウの動きに呼応して、摩耶の髪を摑んだ麗子は彼女の頭を少しずつ押し下げていった。

「ひゃむ、わむーっ！」

膣を穿つディルドウの圧迫感が増すとともに、生身のペニスは口腔内に占める体積を増していった。麗子に頭を押さえられた摩耶は彼女の手の動きに従ってペニスを呑み込んでいかなければならなかったのだ。

「ひゃわ、ひゃんむーっ！」

ペニスを咥える唇の隙間から悲鳴とも呻きともつかぬ苦しげな声が何度も洩れた。口とヴァギナを同時に塞がれた摩耶はそれぞれの圧迫感に耐えかねたのだ。

「さあ、子宮に届かせてやるぞ」

史人は摩耶と麗子に向かって予告すると、膣を半分ほど穿ったディルドウをさらに奥に向かって押し込んでいった。

「ひゃい、きつーいっ！」

ディルドウの太竿にヴァギナの襞をえぐられ、摩耶は唇の隙間からひときわ大きな悲鳴をあげた。だが、同時に彼女は麗子の手に頭を押し下げられ、ペニスを根もとまで咥え込まされた。まさに摩耶は口とヴァギナの二穴責めに遭っているのであった。

「フフフ、子宮に届いたか、摩耶？」

史人は双頭ディルドウを半分近くまでヴァギナに埋め込むと、先端が子宮の壁に突き当たる感触を得て訊ねた。しかし、摩耶は返事をしたくても意味の聞き取れる言葉はいっさい発することができなかった。なぜなら、彼女はディルドウで子宮を突かれると同時に、ペニスで咽喉を押し塞がれたのだから。

「うぐ、うぐぐうっ……」

「従順(おとな)しくするのよ」

摩耶は空嘔吐を伴う絶息感から逃れようとして懸命にもがいたが、麗子の手に押さえられてほんのわずかも頭を上げることができなかった。

「旦那さまがディルドウを戻してくれるまで、じっとしていなさい」

「フフフ、イラマチオはこうじゃなくては。ペニスのてっぺんからつけ根まですっぽり呑み込まれて、何とも言えぬ快感だ……ほらっ、おまえも！」

史人は摩耶の口の感触をペニス全体で味わいながら、子宮に押しつけたディルドウをぐりぐりと回転させた。

「あひゃっ、ひゃむ、むうーっ！」

「摩耶、旦那さまが快楽を味わわせてくださっているのよ。感謝しなさい」

麗子は苦しみもがく摩耶を逆らいがたい力で押さえつけながら、恩着せがましく言い聞かせた。

「よし、ディルドウを戻すから、少し楽にさせてやれ」

史人は麗子に向かってそう言いつけると、子宮を圧迫していたディルドウをゆっくり戻した。その動きにつれて麗子も手を緩め、ペニスを咥えた摩耶が顔を上げられるようにしてやった。

それで摩耶はようやく息を継ぐことができたが、すぐまたディルドウが押し込まれ、そのことを知った麗子の手によってペニスを根もとまで咥えさせられた。

こうして彼女は繰り返しイラマチオを強(し)いられ、苦痛を伴(ともな)うトレーニングに少しずつ馴致(じゅんち)されていくのだった。

「今度はピストン運動だ。いちに、いちにのリズムで往復させるから、麗子も合わせてくれ」

「一で進ませ、二で戻すということですね。了解です」

「よし、いくぞ。いち……に！　いち……に！」

史人が号令をかけながらディルドウを前後に動かすと、その声に応じて麗子も摩耶の頭を上下させた。

「あむ、うむ……ぺろ、ぴちゃ」

ようやくレッスンに慣れた摩耶は、ヴァギナを往復するディルドウの触感に淫らな情感をわかせながら、麗子の手の動きに従って頭を上下させ、舌や唇の艶めかしい刺激をペニスに送り込んで史人を悦ばせた。まさしく彼女はメイドレッスンという名のもとに、屋敷の主人の快楽に貢献するテクニックを仕込まれていくのであった。

3

麗子はディルドウの動きに合わせて摩耶の頭を繰り返し上下させたが、やがて頃合いを見計らって手を離した。

「どう、自力で根もとまで咥えられるようになった？」

「あん、一瞬だけなら……あむ、むんぐ！」

麗子に訊かれると、摩耶は唇を窄めながら頭を低く下げ、咽喉を突きあげる亀頭の圧迫感に耐えながらペニスを根もとまで咥え込んだ。

「あむう、うぐっ！」

しかし、その位置でじっとしているのは難しく、すぐまた頭を上げてしまった。

「うん、あともうちょっとね。なかなか飲み込みが早いわ」

麗子は最初にやったように摩耶の髪を優しく撫でながら褒めてやった。

「イラマチオもだんだん好きになってきたでしょう」

「あうっ、苦しいけれど、太いオチ×チンを口いっぱいにほおばると興奮します」

「自分の舐めているものがヴァギナの中に入ってくるのを想像して興奮するんでしょう」

「あん、そうかも……でも、ディルドウも感じます」

「フフフ、みどころのある娘だ。ずいぶんと私を愉しませてくれたぞ」

史人も笑いながら摩耶の仕事ぶりを褒めた。

「ほら、これがいいのか」

「あひゃっ、ああーん！」

史人がディルドウを操って膣の奥に進ませると、摩耶は鼻にかかったよがり声をあげて双臀をヒクヒクと痙攣させた。彼女はペニスへの口淫マッサージにいそしみながら、ディルドウに膣襞をこすられる刺激に淫らな情感を昂らせていたのだ。

「麗子、双頭のディルドウを持ってきたのは、おまえが愉しむためだろう」

「ホホホ、ばれましたか。でも、摩耶にレズの手ほどきをしておけば、先々何かと役に立ちますわよ」

「フフフ、いいだろう。見物しているからやってみろ」

「ディルドウの反対側を私の膣に入れてください。摩耶とディルドウで繋がって押しくら饅頭をしますから」

麗子は史人の顔をまたいで四つん這いになった。摩耶と尻を向かい合わせにする体の向きなので、摩耶の性器から突き出しているディルドウを麗子のヴァギナに挿し入れれば彼女たちは一本の性具で繋がるという寸法であった。

「あん、太いわ！」

ディルドウが性器に侵入してくると、麗子は双臀をブルッと震わせて掠れた声をあげた。

「摩耶、おまえは本当に淫乱な娘ね。こんな太いのを入れられて、最初からヒイヒイよがったのだから」

（麗子さんだって、きっとよがるわ……）

摩耶は声を出さなかったが、心の中で言い返した。彼女は麗子が自分に劣らぬ淫乱な性格であると確信していたのだ。そうでなければ、淫らなことが平然と行なわれている屋敷で史人に仕えているはずがなかった。

しかし、摩耶は新たな期待と不安に胸をドキドキさせていた。お互い四つん這いで尻を向かい合わせにして、長さが四十センチ以上もある長いディルドウで繫がっているのだから。

今のところディルドウは互いの膣の中へ十センチ程度入っているだけで尻同士のあいだは二十センチぐらい離れている。だが、麗子の言うように押しくら饅頭をすれば互いにバックするのだから、距離はどんどん近づく。そうすれば双頭のディルドウは両端の亀頭を彼女たちのヴァギナの奥へと侵入させてくるに違いない。

要するに、押しくら饅頭とは双頭ディルドウを用いたヴァギナの責め合いで、四つん這いでバックしてディルドウを相手の子宮に向かって突き立てることである。だが、ディルドウは向こう側にもこちら側にも亀頭がついているので、相手に与える衝撃は必ず自分に返ってくる。摩耶は中学校の理科で学んだ作用反作用という原理を思い出しながら、淫らな責め合いを脳裏に描いてぞくっと鳥肌を立たせた。

「さあ、最初はこの位置で押しくら饅頭よ。おまえはペニスを咥えたまま、お尻を振ってディルドウを私のヴァギナに送り込むのよ。ただし、私も同じようにして責めるからね」

「あむっ、むっ！」

摩耶は依然として史人の胴体をまたいだまま彼のペニスを口に咥えていた。そのすぐ後ろでは麗子が彼女と反対向きで尻を向かい合わせにしている。つまり、彼女たちは史人が仰向けになって見あげる真上で尻を振り立ててディルドウを動かし、相手の性器に刺激を与えようというのであった。

「うむ、ううっ！」

「あおっ！　入ってくるわ……ああん、感じる！」

摩耶が尻をクイクイと後ろに突き出すと、その動きはディルドウを介して麗子のヴァギナに伝わった。麗子は感に堪えぬように巨大な双臀をブルッと震わせ、悦楽の喘ぎを込みあげさせた。

しかし、彼女もすぐ反撃に転じ、重戦車のような尻を振り立てて少女の性器にディルドウを送り込んだ。

「ひゃわっ、ひゃーん！」

圧倒的なボリュームの尻が大きくグラインドしてディルドウを送り出す力はすさま

じく、摩耶は衝撃に耐えきれずに思わずペニスを口から離して前方につんのめった。

「ひいっ、ひいーん！」

「どう、気持ちいい？」

「ああーん、気持ちいいよりも、つらいほうが遥かに大きいです……ひいっ、子宮が突きあげられる！」

「あひっ、ああーん！」

「四つん這いのまま、体を少しずつずらしていきなさい」

麗子の指図は願ったりかなったりだった。太い亀頭に子宮の粘膜を打ち当てられる被虐感から逃れるためには体を前に進ませる以外なかったのである。

「ゆっくり動くのよ……ほら、いいでしょう？」

「あん、ああーん！」

「逃げてばかりじゃなくて、立ち止まって押し返すのよ。それが押しくら饅頭だからね」

「うくっ、うーっ！」

「あおーん！　いいわぁ！　もっと突いてちょうだい」

摩耶が懸命に尻を後ろに突き出すと、ディルドウは麗子のヴァギナをこすって彼女にょがり声をあげさせた。だが、麗子は豊満でむちむちの肉体を誇り、乳房も尻もボリュームたっぷりであった。摩耶も近頃はそれなりに膨らませつつあるが、まだ未成熟な尻を相手の巨大な尻に打ちつけるのは、玉砕覚悟で肉弾戦を挑むようなものであった。

「うひいっ、かないません、麗子さん！　だって、麗子さんのほうが体重があるんだから、いくらバックしても麗子さんのお尻に跳ね返されてしまいます」

「体重は関係ないわ。ヴァギナをきゅっと引き締めてディルドウを挟み込むのよ。そうやってバックすれば亀頭を相手の子宮まで届かせることができるでしょう……さあ、もっと私をよがらせてごらん」

「うーん！　うくーっ！」

「あっ、いいっ！　いひーん！　こんなに勢いよく突きあげるなんて、おまえは締まりのいい娘ね」

麗子は言葉巧みに摩耶をおだてて、やる気を起こさせた。彼女は、摩耶がレッスン次第では美和よりも役に立つメイドになると踏んでいたのだ。

「ああーん！　麗子さんを押すと、私のほうもディルドウに押されて変な気分になってきます」

「それが双頭ディルドウの魅力よ。同時に責めたり責められたりして二人とも気持ちよくなれるのだから……ほらっ、もっと押し返して、もう一度オチ×チンにありついたらどう」

「あひっ、そんなことを言われても……」

「まごまごしていると、私がオチ×チンのあるところまでバックして、独り占めしてしまうわよ」

「あーん、ずるい！」

摩耶は麗子の巨大な尻に弾き飛ばされて、すでにペニスを口から離してしまっていた。しかし、もう一度ペニスのあるところまで戻ろうとしても、分厚い尻の壁を押し返すことは至難の業であった。

「これだけしか力を入れられないの。じゃあ、私よ。ほら！」

「ひっ、ひっ、いひーん！　ヴァギナの奥を突きあげられますぅ……あーん、だめぇ！」

圧倒的なボリュームの肉塊がディルドウごと摩耶の尻に襲いかかり、彼女を際限なく前へと押しやった。四つん這いの麗子と摩耶は尻を向かい合わせにして押しくら饅頭をしているので、バックしてくる麗子の圧力に耐えられなければ摩耶は前に進むよりほかない。たちまち彼女はペニスを置き去りにして史人の足首のあたりまで追い立てられてしまった。

「旦那さまの足の指をお舐め。そこも性感帯だから、一本一本丁寧に舐めて悦んでいただくのよ」

「はい……うむ」

摩耶は身を屈めて史人の足指を口に咥えて舌を絡ませた。彼女は麗子の尻から繰り出されるディルドウによって完全に支配され、逆らうことができなかったのである。

一方、仰向けの史人をまたいで四つん這いでバックしてきた麗子の胸はちょうど史人の顔の真上あたりにあった。シャインマスカットのようにプリプリと張りのある双つの肉塊がGカップほどの大きさで胸から下に向かって突き出している。

「うん、いい眺めだ。まったく弛んでいないぞ……むむ、ぴちゃ」

史人は仰向けの頭を枕に乗せたまま肉塊の表面に舌を這わせた。わざわざ頭を持ちあげるまでもなく、巨大な乳房は彼のすぐ目と鼻の先にあったのだ。

「麗子のおっぱいをしゃぶるのは久しぶりだな……あむ、ぺろ！　相変わらず舐め応えのある巨乳だ……ぴちゃ！」

「あん、そんなふうにされたら、乳首が硬く尖ってしまいます」

「うむ、おっぱいを舐めると、パイパンのデルタもクンニしたくなってくるな」

「あん、私も舐められたいです」

麗子は掠れた喘ぎを洩らすと、摩耶と繋がっているディルドウを自分の性器から引き抜いた。そして、史人をまたいだ脚を左右入れ替え、摩耶と同じように男に背を向けて腰を落とした。そうすれば、割り開かれた性器はちょうど史人の顔の真上にやってくるのだ。

「あむ、ぺろ……うむ、ツルツルでヌルヌルだ」

麗子の性器は恥毛処理がなされていてパイパンであった。それで肌理(きめ)細かな肌はぬめっとしている。さらにデルタの割れ目から分泌した淫蜜が加わっているので舌触りがよく、彼の言うようにツルツルでヌルヌルの媚肉をなしていた。

「あむ、ぺろ……ぺろ！」

「あん、いいです、旦那さま！」

麗子は上から男の口にぐいぐいと性器を押しつけながら、巨大な尻をクネクネとうねらせた。その動きにつれてラビア、クレヴァス、クリトリスなどの粘膜が舌や唇に触れ、男の劣情を刺激するとともに彼女自身に淫らな快感を覚えさせた。

「あん、ああん……摩耶！」

「あむ……はい！　麗子さん」

「ちゃんとお仕事をしている？」

「しています。麗子さんの言いつけどおり、一本一本口に含んで丁寧におしゃぶりしています」

「フフフ、摩耶はよく働く娘だ。足の指から足裏までペロペロと舌を這わせてくれる。くすぐったいが、何とも言えぬ気持ちのよさだ」

「じゃあ、ご褒美をあげましょう」

麗子は史人の言葉を聞くと、双頭のディルドウを摩耶の性器から引き抜いた。麗子との結合が解けたあとも、その反対側は摩耶のヴァギナを深く穿っていたのだ。

「摩耶、足指を舐めるのはそれぐらいにして、私のように体を起こしてごらん」

「あむ、はい……」

「私がいいというまで目をつぶっていなさい」

麗子はそう言うと、目を閉じた摩耶の体を後ろから抱きかかえてペニスの真上にもっていった。仰向けの史人は依然として硬く勃起したペニスをそばだたせていたのである。

「さあ、腰を落として！」

「？……わっ、わひゃっ！」

膝を曲げて腰を沈めた途端、剝き出しの股間に硬いものが打ち当たってきた。それがペニスの先端であるのは一瞬で知れた。摩耶は悲鳴をあげて腰を浮かそうとしたが、後ろの麗子が髪を摑んでぐいっと下に押しつけた。

「ひゃーっ！」

「フフフ、ヌルヌルしているからスムーズに入るぞ」

史人もペニスに手をあてがって亀頭をラビアの裂け目に押し込みながら、低い声でうそぶいた。彼の言うとおり、ここまでさまざまなプレイによって刺激を受けてきた性器は大量の淫蜜を分泌して内外ともにヌルヌルしていた。それで、摩耶は史人のペニスによってたちまちラビアを割られてしまったのだ。

「ひゃーん、犯されるーっ！」

「犯されるなんて、人聞きの悪いことを言うんじゃないのよ。旦那さまがご褒美をくださっているのに」

「ひいっ、本当にオチ×チンを入れられるなんて思っていなかったんです」

「おまえは処女か」

「しょ、処女のようなものです……まだ二回しか経験していないから」

「二回も経験があるのなら、今さら私に入れられてもどうってことはないだろう」

「うひいっ、そんなぁ！……うひゃーっ、きゃぁあーっ！」

下から体を引っ張られると、摩耶はたまらずペニスを挿入された状態で史人の股間に尻餅をついてしまった。

「フフフ、きっちりハメてやったぞ。これで互いに親しみが増すというものだ……どうだ、私の褒美は気持ちいいか」

「あーん、まだわかりません」

「それなら、わかるようにするんだ」

「ヴァギナとオチ×チンをこすり合わせるのよ。おまえが上だから、おまえが動くの。ほら、やって！」

「あん、ああっ！」

摩耶は史人のペニスを膣に挿入されたまま腰を上下に動かした。そのたびにペニスとヴァギナはこすり合わされて互いの粘膜を刺激し合った。

「ああっ、いい……いいーっ！」

摩耶の口から悦楽の嬌声が発せられるのに時間はかからなかった。彼女の性器は史人のクンニや麗子との双頭ディルドウプレイなどによってじゅうぶん下地ができていたので、生身のペニスを挿入されて興奮が一気に高まったのである。

「あん、あん、いーん！　ああっ、オチ×チンにゾクゾク感じさせられるぅ！」

摩耶は夢中になって腰を上下させながら、うわずったよがり声を何度も込みあげさせた。彼女は麗子の口車に乗せられて卑猥な下着をつけたり史人への性奉仕をしたりして、どんどん性の深みにはまっていったのだ。そのことを自覚すると恐ろしくもあったが、性に目覚めた若々しい肉体と旺盛な好奇心の持ち主である摩耶は、もっとさまざまな快楽を経験したいと強く思うのだった。

4

「摩耶、体の向きを入れ替えてごらん。別の角度でオチ×チンを味わうのよ」

「は、はい！」

摩耶は声を掠れさせながらも従順に返事をした。ペニスを挿入された当初は拒絶反応を示したものだが、何度も上下動を繰り返しているうちにヴァギナはペニスに馴染み、彼女に悦楽感たっぷりの刺激を与えるようになっていた。

摩耶はいったん立ちあがってヴァギナからペニスを抜き、左右の足を入れ替えてから再び史人の上にしゃがみ込んだ。そして、自らの手でペニスをラビアの裂け目に導き、深々と腰を沈めた。

「ああん、こっちの角度のほうがぴったりきます……あひっ、感じるうっ」

新しい体位は史人に向き合ってペニスを挿入されるものであった。いわば女性上位の正常位ということになるが、実際には麗子が史人にたいして後ろ向きで彼の顔をまたいでいるので、摩耶は麗子と向き合うことになった。

「もっと愉しむのよ……あむ、ちゅっ！」

「麗子さん！……むちゅっ！」

麗子と摩耶はレズの快楽を求めて唇を重ね、舌と舌を絡め合った。もちろんリードするのは麗子だが、アブノーマルな快楽を知った摩耶も積極的に応じた。彼女たちは仰向けの史人にまたがって向き合いながら、ディープキスをしたり乳房を刺激し合ったりしてレズプレイに興じるのだった。

「あん、ああーっ！　旦那さまのオチ×チンにこすられて気持ちいいです」

「あむ、いいわぁ……ああん、旦那さま！　もっと舌でえぐってください」

摩耶と麗子はレズの快楽を享受するだけでなく、史人からも快楽を与えられていた。摩耶はヴァギナにペニスを挿入され、また麗子は彼の顔に性器を押しつけてクンニリングスを味わっていた。

「あひっ……あん、あん！　気が変になりそうです」

なかでも摩耶は史人のペニスをヴァギナに入れられているだけに、快楽の度合いは麗子を遥かに凌いでいた。彼女は何度も腰を上下させ、膣襞の粘膜とペニスの肉竿とをこすり合わせて快楽を貪った。

「あいーん、太いのがいいです！……ああっ、旦那さまにも動いてほしいのに」

「麗子！　おまえもいっしょにペニスを味わうか」

「ああっ、是非お願いします。旦那さまにいっぱい舐められたので、とても興奮してしまいました。このまま放っておかれたら、気が狂ってしまいます」

麗子は史人に水を向けられると、熱心にセックスをねだった。彼女も摩耶同様すっかり発情してしまったのだ。

「よし。じゃあ、二人いっぺんに愉しませてやるから、四つん這いになってマットの上に並べ」

史人は仰向けの状態から立ちあがると、二人の裸女を促して四つん這いの体位にさせた。麗子と摩耶は肩を接して並び、素っ裸の臀丘を史人に向けた。

「摩耶、お行儀のよいポーズをして旦那さまに見ていただくのよ」

麗子は隣の摩耶に向かって小声で訓示した。

「お尻を高く見せるように、頭や背中を低く屈めるの。それから、膝から下の脚を外側に向かって拡げなさい。そうすれば、性器やお尻の穴の色気が増して旦那さまの目を愉しませることができるのよ」

「ひゃっ、お尻の穴の色気だなんて！　麗子さんがそんなことを言うから、かえって恥ずかしくなっちゃいました」

摩耶は麗子の言葉によって自分の姿を意識し、全身を熱く火照らせた。たしかに、彼女たちは性器やアヌスを丸見えにしたポーズで四つん這いの後ろ姿を史人の目に晒しているのだった。

それでも摩耶は麗子の指図どおり背中を低くして尻の高さを強調し、脚を八の字に開いて性器やアヌスを隈無くさらけ出した。なぜなら彼女はそうすることによって彼女自身も興奮することができると感じたからである。

そして、麗子も摩耶に命じるだけでなく、自らも手本を示すように同じポーズを取った。こうして二人は性器とアヌスを丸見えにした四つん這いのポーズで隣合わせに並び、史人からペニスを挿入されるのを待ったのである。

「フフフ、二人とも私の目を愉しませてくれるな」

史人は麗子と摩耶の尻を交互に見やりながら満足げにうなずいた。

「そのお礼に今度は私がおまえたちを愉しませてやる。一人はヴァギナのセックスで、もう一人はアナル調教だ」

「ア、アナル調教って？　お尻の穴にオチ×チンを入れられるんですか」

「太いのをねじ込んでやるぞ」

史人は少女に訊ねられると、菊蕾の窪みを指で撫でながら返事をした。

「ひいーっ、いやですぅ！」

摩耶は泡を食ったように悲鳴をあげた。彼女は慌てて立ちあがろうとしたが、すぐに隣の麗子に体を押さえられてしまった。

「摩耶、うちのメイドは前だけじゃなく後ろの穴も使われることになっているのよ。そのために、さっきの身体検査でお尻の穴の快感を覚えさせてあげたんでしょう」

「ほう、おまえはアナル調教済みだったのか。それなら話が早い」

「あわわっ、嘘です！　調教済みなんかじゃありません」

「快感を知っているのなら、調教済みということだ」

史人は勝手にきめつけると、無防備に晒された摩耶のアヌスをこね回す指に力を入れた。

「ああーん、中まで入れないでください！……あひっ、ひぃーん！　関節をクネクネ曲げないでぇ！」

摩耶は連続的に悲鳴をあげて苦しみを訴えた。史人の指が摩耶の直腸内でどのような動きをしているのか、彼女の叫びが如実に示していた。

「フフフ、おまえは咥え好きでなおかつケツの穴好きの淫乱娘だったんだな」

「いひーん、どうしてぇ？」

「どうしてもへったくれもあるまい。これだけよがっているのだから」

「あーん、違うと言っているのに」

「旦那さま、籠の中にもう一本ディルドウがありますから、それでアナル調教の仕上げをしてやってください」

「……うん、これか。ケツの穴好きの淫乱娘にぴったりの道具だ……ほら、摩耶！」

「？……きゃっあ、そんなものを！」

史人に呼ばれて恐るおそる後ろを振り返った摩耶は、彼の手にした性具を見て恐怖の叫びをあげた。それはヴァギナの押しくら饅頭に用いられたディルドウほどの太さはなかったが、アナル用としてはじゅうぶんのサイズを保っていた。しかも、毒々しい濃緑色をしていて、表面には螺旋状の溝が深く刻まれている。摩耶が怯えるのも無理のないほど奇怪な性具であった。

「摩耶、アナル調教をしっかりしてもらって、快楽のツボを覚えるのよ。それがメイドのお仕事に役に立つのだからね」

摩耶は奇怪なディルドウから思わず顔を背けたが、隣の麗子は訳知り顔で言い聞かせた。

「そうすれば、今度はおまえが旦那さまの快楽に貢献することができるんだから」

「そのとおりだ。アナル調教のあとで、おまえに私のケツの穴を舐めさせてやる」

「あーん、そんな気持ちの悪いものなんか舐めたくないです」

「それがメイドのお仕事なんだから、いやとは言わせないわよ」

「ううっ、こんなところで働くんじゃなかった。もう辞めておうちに帰りたい」

「心にもないことを言うんじゃないの。おまえがさんざんいい思いをしてきたことはすっかりばれているんだからね……ああっ、旦那さま！　早く摩耶のアヌスにディルドウをねじ込んでやってください。そして、私には太いオチ×チンを！」

麗子は摩耶に言い聞かせると、後ろの史人に向かってボリュームたっぷりの双臀をクネクネとくねらせた。その仕種が彼のペニスをねだっていることは明らかだった。

「麗子もすっかり発情したようだな」

史人は手にディルドウを留保したまま、まず麗子の股間にペニスをあてがった。彼の指摘したとおり、パイパンの性器は熱く充血してとろりとした淫液に濡れそぼっていた。

「だって、摩耶が旦那さまとのセックスでヒイヒイとよがるんですから、こっちも興奮して我慢ができなくなってしまったんです」

「フフフ、そらっ！」

「ああーん！　いいですぅ……久しぶりのオチ×チン」

「うん、ヌルヌルして気持ちがいいぞ。それにしても見事なヒップだ。これだけのサイズでもまったく弛んでないでプリプリと張りがある。それに、この巨乳ときたら！」

史人は麗子のヴァギナに肉棒を打ち込みながら感心したように言った。彼は手を伸ばして胸から垂れた乳房を摑んだが、とうてい片手では収めきれないほどのボリュームを誇っていた。

「こうして四つん這いの体位でセックスをすると、まるで乳牛(ちちうし)に種付けをしているような気分になってくるな」

「あん、私もこの体位は興奮します。乳牛かどうかわからないけれど、畜生になったような気がして……あひっ、あん！」

「摩耶、おまえには牝犬の気分を味わわせてやる。ただし、おまえは種付けされる牝犬ではなく、アヌスを虐められる牝犬だ」

史人は腰をスイングさせて麗子のヴァギナにペニスを送り込みながら、ディルドウを摩耶のアヌスに挿し込んだ。

「あひゃーん！　お尻の穴を犯されるなんて、いやようっ！」

「こら、逃げるんじゃない！」

思わず体を前へ倒してディルドウから逃れようとした摩耶だが、それより早く史人の手が髪を摑んで後ろに引き戻した。

「従順しくいうことをきかなければ、お仕置き部屋につれていって、たっぷり懲らしめてやるぞ」

「えっ、お仕置き部屋？　何ですか、それは？」

「おまえのように生意気な娘を奴隷にして責めるための部屋だ」

「摩耶、その部屋にはいろんな種類の鞭とか、革の首輪や手枷足枷とか、ディルドウや電動バイブとか、お仕置き用の道具がいっぱいあるのよ。しかも、完全防音の密室だから、いくら悲鳴をあげても外に漏れることはないわ」

「ひーっ、嘘！　ここがそんな恐ろしい屋敷だったなんて」

「わかったら、いうことをきくんだ……それっ！」

「ひゃあーっ！　従順しくしますから、乱暴に突っ込まないでぇ」

「最初からそう言えばいいんだ」

史人は摩耶の屈服を聞き届けると、ようやくディルドウの動きを加減した。

「ほら、じっくり味わえ」

そう言いながら、濃緑色の毒々しい色合いをしたディルドウを一定方向にグルグル回した。すると、螺旋の溝の刻まれたディルドウはねじのように回転しながら直腸を穿って奥へと吸い込まれていった。

「うひっ……あひゃっ！　ああーん！」

「悲鳴がよがり声になってきたぞ。感じているんだろう」

「ひっ、ひっ……気が変になりそうです」

「じゃあ、もっと気が変になれ」

「ひゃおっ！　回りながらどんどん奥に入ってくる……ひゃいーん！」

「あひゃっ、こっちは太いオチ×チンにヴァギナをえぐられるぅ！　あん、あいーん！」

アナル責めに遭う少女の悲鳴とペニスを挿入された麗子のよがり声が交錯した。

史人は摩耶にばかりかまっているわけではなかった。彼はアナルディルドウを操って少女に悦虐の悲鳴をあげさせる一方で、腰を力強くスイングして麗子のヴァギナにペニスを打ち込んでいるのだった。

「あひひっ、ひぃーん！　旦那さまのオチ×チンがいいですーっ」

「ひゃわっ、わひゃーん！　お尻の穴が拡げられるぅ！」

「よがり泣きの競演というところだな。即席のコンビにしては息が合っているじゃないか」

「あおっ、摩耶がとてもいやらしいことの好きな娘だから」

「違います、麗子さんが私にいやらしいことを覚えさせるんです……ひゃーっ、気が変になるぅ！」

「フフフ、互いの存在が刺激になるようだな……ほらっ、麗子！」

「あひ、ああっ、もうどうにかなってしまいそう」

「摩耶、おまえもだ！　ケツの穴好きの淫乱娘に相応しくよがり泣きしてみろ！」

「淫乱じゃないのに……あひひーん！　お尻の穴がゾクゾクしますぅ！」

こうして史人は本物のペニスと疑似ペニスを巧みに使い分け、麗子のヴァギナと摩耶のアヌスを同時に責めるのだった。

5

「摩耶、ケツの穴の快楽を覚えたか」

「ひゃひっ、覚えました。気が変になるほどの快感です……あひひっ、もう膝が震えてガクガクしちゃいます」

「これでおまえはアナル調教済みのメイドになったんだな」

「な、なりました」

「よし。じゃあ、ディルドウの調教はこれまでにして、麗子と交代させてやる」

史人は摩耶がアナル感覚の虜になったのを見届けると、ディルドウを引き抜いて麗子のアヌスに移し替えた。

「あぁーん、こっちの穴もいいです」

麗子は菊蕾を割って直腸に侵入してくるディルドウの感触に掠れた嬌声をあげた。彼女もまたアナル調教済みだったのである。

「摩耶、おまえは本番だ」

「本番って？　えっ、まさか……」

「そのまさかだ」

「ひーっ、堪忍してぇ！　お仕事を始めた初日にいきなり二つの穴を犯されるなんて、あまりにも酷（むご）いです」

「おまえはもうアナル調教済みだと認めただろう。アナル調教済みとはアナルセックスオーケーという意味だ」

「ううっ、生身のオチ×チンをお尻の穴に入れられるなんて……」

「泣き言（ごと）をいっても通用しないぞ。それっ！」

「ひゃーん！」

カリ高に膨れた亀頭が有無を言わせず菊蕾の媚肉を蹂躙し、直腸を深々と穿った。

まさに彼女はアルバイトを始めたその日に雇い主の史人からアヌスを犯されたのである。

だが、摩耶は抵抗したくてもほとんど抵抗することができなかった。すでに〝アナル調教済み〟のラベルを貼られているように、ディルドウで繰り返しこすられたアヌスはペニスを受け入れる下地をじゅうぶんに作りあげていたのである。

「あおーっ！　オチ×チンに穴を拡げられるぅ」

「フフフ、ヴァギナとはひと味違う締まり具合だ……どうだ、玩具よりも本物のほうが感じるだろう」

「うひいっ、感じます……あひっ、あひっ、あひーっ！」

粘膜をめいっぱい拡げながら前後に動くペニスの触感に、摩耶は何度も掠れた悲鳴をあげ、四つん這いの体位で双臀を小刻みに揺すった。

しかし、ペニスを迎えるように尻を後ろに突き出す動作は、彼女が苦しんだりいやがったりしているのでないことを示していた。彼女は生身のペニスに尻の穴を犯されることに恐怖と生理的嫌悪を感じたものの、実際に挿入されると快感の虜になってしまったのだ。

「うむ、きゅっと締まって気持ちがいい。摩耶、前の穴は濡れているか」

「あひっ、濡れています」

「ケツの穴にハメられて前の穴が濡れたんだな」

「あん、そうです。お尻の穴の快感がゾクゾクわいてきて、前の穴まで濡らしてしまいました……あひっ、あーん」

「フフフ、正直になったな。それなら、前の穴もいっしょに刺激して、もっと気持ちよくさせてやろうか」

「あん、してください……でも、どうやって？」

「女同士でシックスナインのレズクンニをするんだ。麗子！　摩耶の下に入って仰向けになれ」

「はい！」

麗子はすぐに命令を理解した。彼女は、四つん這いの摩耶の下にもぐり込むと、仰向けになって性器に口をつけた。

「あん、ぞくっとするぅ！」

麗子の柔らかな唇と舌がラビアやクリトリスを舐めはじめると、摩耶は感に堪えぬように喘ぎを込みあげさせた。彼女は史人に後ろの穴を犯されながら麗子に前の穴を舐められているのである。

「摩耶！　おまえは上から麗子の性器を舐めたり、ケツの穴にはまっているディルドウを動かしたりして愉しませてやるんだ。ケツの穴の快感に気を取られて、仕事をおろそかにするんじゃないぞ」

「あひーっ！　一生懸命舐めます。あんむ……女の人の性器って、舐めるの初めて……ぴちゃ、む！」

摩耶はおっかなびっくりの様子で麗子の性器に口をつけたが、自分がシックスナインのプレイで彼女に同じことをされているのを思い出すと、すぐに熱心に舐めはじめた。

「あん、摩耶！　いいわ……おまえはここへきてよかっただろう。こんなにさまざまの快楽を知ることができるのだから……あん、ぺろ……すごいおつゆの量ね。最初はいやがっていたのに、今では旦那さまの言葉どおりすっかりおケツの穴好きの淫乱娘になってしまったじゃない」

「あーん、後悔しているんです。こんなにいやらしいことばかり覚え込まされて……でも、感じちゃう……あむ、ぺろ！　ひん、ひん、いひーん！」

「フフフ、麗子！　美和に感謝しなければならぬな。こういう淫乱娘を連れてきてくれたのだから」

麗子と摩耶は互いに相手の性器を舐めながら言葉のやりとりをしたが、そこへ史人が加わった。彼は摩耶の尻の穴をペニスで穿ちながら、彼女の下にいる麗子に向かって話しかけた。

「今のところ、色気の点では美和にかなわないが、素質はこっちが上だ。顔も肉体も上等だからな」

「初(うぶ)なくせに、セックスに関する好奇心が人一倍強いですからね。レッスンのし甲斐のある娘ですわ」

「摩耶、もっといやらしいことを教わりたいか」

「うひいっ、もういいです。これ以上いやらしいことを教わったら、頭の中がいやらしいことだらけになって気が狂ってしまいます」

「ウフフ、正真正銘の淫乱娘になるわけだ……ほらっ！」

「あひひーっ！　お尻の穴がゾクゾク痺れますーっ！」

「摩耶、ここを出たら、お仕置き部屋に行くのよ」

「ひっ、お仕置き部屋！　従順しくいうことをきいているのに、どうして？」

「新しいレッスンだ。おまえをみっちり仕置きして、マゾの快感を教えてやる」

「も、もしかして、縛られたり、鞭で打たれたりするんですか」

「そのとおり。おまえは素質のある娘だから、とびきりハードな責めでマゾメイドに仕込んでやる」

「ひいーっ、いやですーっ！　そんなことをしたら、警察に訴えますから」

「警察？　馬鹿なことを言うんじゃない。合意のプレイなのに何で警察に訴えるんだ」

「合意なんかしていません。ＳＭプレイは絶対にいやです」

「おまえは私のペニスを根もとまで咥え、前の穴でセックスしたあと今は後ろの穴でセックスをしているだろう。それぞれ最初から合意していたか」

「あっ、それは旦那さまが強引に……」

「強引にフェラチオをさせられたり、セックスをされたりしたが、やってみて気持ちがいいので拒絶したりいやがったりしたことを忘れてしまったんだろう。つまり、事後合意というわけだ」

「……」

「お仕置きも今のところ合意ではないが、されてみればマゾの悦びに目覚めて合意になる可能性が高いわけだ」

「うひいっ、そんな可能性はありません」

「摩耶、旦那さまはおまえをお仕置きして悦ぶためにマゾ調教をするんじゃないのよ」

「えっ？　じゃあ、なんのために」

「この別荘には夜になると奴隷夫人たちがやってくるの。旦那さまは彼女たちをお仕置きするときにおまえを手伝わせるつもりなのよ」

「なんですか、その……奴隷夫人って？」

「日替わりでやってくる奴隷妻よ。お仕置きを受けてから、旦那さまに一夜妻として肉体を差し出すの」

「あの……もしかして、翔吾さんが第二夫人とか、第三夫人とか言っていた奥さまのことですか」

「あら、翔吾はそんなことを言っていたの……まあ、そのとおりね」

「その人たちはどうしてお仕置きを受けるのですか」

「出来の悪い生徒の母親だからよ。成績不振の息子に代わって旦那さまのところへ出頭するの。そして、旦那さまから厳しくお仕置きを受けたあと、お詫びに一夜妻として前と後ろの穴を使われるのよ」

「あ、あの……言っている意味がよくわからないんです。美和から旦那さまの職業を聞いていなかったので」

「旦那さまは学校の経営者よ。明渓学館という私立校の理事長をなさっているわ」

「明渓学館って……鎌倉のあの明渓学館？」

摩耶は驚いて訊き返した。明渓学館は彼女の通う横浜聖進学園とともに県内有数の進学校だったのだ。横浜聖進学園が中高一貫の女子校であるのに対して、明渓学館もやはり中高一貫であるが、こちらは男子校であった。

「あら、美和よりちょっとはましね。あの子は校名を聞いてもきょとんとしていたもの」

麗子は摩耶の反応を受けて満足そうに笑った。

「スパルタ式で有名な進学校ですから……でも、理事長さまがこんなに若いなんて！」

摩耶の言うように、明渓学館は文武両道を旨とする硬派の進学校で、生徒は厳しく鍛えられることで有名であった。だが、そこの理事長がまだ三十代半ばの青年であることは摩耶にとって驚きだった。

「明渓学館は明治時代の中期からつづく伝統校で、旦那さまが五代目よ。四代目のお父さまが五十代の若さでお亡くなりになったので、旦那さまがその跡を継いだの」

麗子は史人が三十代で理事長に就任した事情を教えてやった。

「明渓学館がスパルタ校と知っているなら話が早いわ。明渓学館では成績不振者は常にふるい落とされ、毎年数十人が退学させられるんだけど、そのうち母親が美人で旦那さまのお眼鏡にかなう生徒は学校をやめずにすむの」

「わかった！　母親が肉体を差し出して、息子の退学を堪忍してもらうんですね」

「そういうことよ。ただし、奴隷夫人たちは肉体を差し出す前に、旦那さまからいっぱいお仕置きをされなければならないの。なぜなら、彼女たちは成績不振の息子の身代わりとして別荘に出頭するのだから」

麗子は摩耶の性器に舌を絡めながら説明をつづけた。

「おまえは旦那さまが奴隷夫人たちをお仕置きするときに、そばでアシスタントの役をするのよ。そのためには、お仕置きで使われる鞭の痛みをよく知っておかなければならないでしょう」

「……」

摩耶は麗子の説明を聞いて愕然とすると同時に胸をドキドキと高鳴らせた。美和のあとを継いだばかりに、彼女はとてつもなく淫靡で奇怪な世界に引きずり込まれてしまったのだ。だが好奇心の強い彼女にとって、その世界は怖いと同時にめくるめくようなスリルと魅力があるように感じられた。

「どうだ、摩耶？　奴隷夫人たちがどのようにして息子の尻拭(ぬぐ)いをしなければならないか想像すると、期待にわくわくしてくるだろう」

史人は摩耶のアヌスに挿入したペニスをゆっくり動かしながら、後ろから話しかけた。

「あひっ、あん！　わくわくというよりもドキドキします。でも、その前に自分が鞭でお仕置きをされるなんて……きっとつらくて泣いてしまいます」

「私の見たところ、おまえは感性が豊かで好奇心の強い娘だから、泣くことはあっても恨み泣きはしないだろう。むしろ、マゾづゆを垂れこぼしながら、ヒイヒイとよがり泣きをしそうだ」

「うひいっ、そんな無責任なことを言わないでください」

「無責任ではない。おまえをお仕置きするのは私だから、ちゃんと責任を持ってマゾの悦びを教え込んでやる。だが、その前にアナルセックスの仕上げだ……そらっ、いいだろう！」

「あいーん！　お尻の穴が溶けちゃうーっ！」

史人が腰の動きに以前どおりの力を込めると、摩耶はたちまち淫らなアナル感覚を甦(よみがえ)らせた。

「ケツの穴を犯されるのはいやだったんだな」

「あひひっ、いやでした」

「だが、今ではいやじゃなくなっている。そうだろう？」

「あひーん！　旦那さまの言うとおりです」

「フフフ、今のところは怖くて仕方ない仕置きも、実際にやってってみればもっとやりたくなること間違いなしだ」

「あひ、あん！　どうしてきめつけるんですか」

「それは、おまえが根っからの淫乱だからだ」

「ああーん、淫乱なんかじゃないって言っているのに」

「ほら、これでも淫乱じゃないというのか」

「ひゃひーっ！　お尻の穴がブルブル痙攣します」

「快楽に夢中になって仕事をおろそかにするんじゃないぞ。麗子をクンニしながら、彼女のケツの穴にはまったディルドウを動かしてやれ」

「あひゃっ！　もう、どうにかなってしまいそうなのに、そんないっぺんに仕事をさせられるなんて……あむ、ぴちゃ、あむ、ぺろ！」

　摩耶はパニックになりながらも懸命に麗子の股間に顔を埋め、クレヴァスの内側を舌でえぐったりクリトリスの陰核をぴちぴちゃなめたりして彼女を悦ばせた。さらにその合間には尻から突き出しているディルドウを握って前後に動かし、麗子のアナル感覚を昂らせてやった。

　だが、何と言っても摩耶の意識の大半は自分のアヌスと性器に伝わる淫らな刺激に向けられていた。彼女はシックスナインのレズクンニで麗子に下から性器を舐められ、また四つん這いの体位で後ろの史人からアヌスを犯されているのであった。

「むにゅ、ぺろ」

「あひっ、あん！」

「ほらっ、もっと気持ちよくなれ」

「あおーっ！　ひーん！」

「フフフ、淫乱娘の本領発揮ってところだな……ほらっ、ほらっ、ほらっ！」

「いひーん、気が狂っちゃう！　ああっ、もうどうにかなってしまう……おひひーん！　イクゥ！」

麗子の舌にヴァギナの肉襞やクリトリスをねぶられるのと同時進行形で太いペニスに直腸の粘膜をえぐられ、摩耶は快楽の頂点に達して頭の中を真っ白にさせた。彼女はアブノーマルなセックスプレイでイッてしまったのだった。

第四章　厨房での鞭打ち絶頂

1

夕方になると、摩耶はウエイトレスの仕事をするために一階に下りていった。

「ヒヒヒ、やっぱりネエちゃんも美和と同じようにおっぱいやケツを見せてくれるんだな」

コックの翔吾は摩耶の姿を見ると、目を細めてニタニタ笑った。

厨房に姿を現した摩耶はウエイトレス用のメイド服をつけていたのだ。それは黒を基調にしたワンピースで、バルーン形に膨らんだ半袖や裾に白いレースのフリルをふんだんに用(もち)いたフレアスカートなど、コスプレ風味を強く打ち出したものであった。

だが、メイド喫茶のウエイトレスがつけているものと決定的に異なる点は、そのコスチュームが乳房や性器、尻などの秘部を隠すことのできないデザインになっていることであった。

ワンピースの胸もとはブラジャーと一体となっているが、カップは乳房の下半分を覆うのみで、肝心の頂上部は丸出しであった。そのため、淡いピンクで初々しさを感じさせる乳首が乳暈とともに翔吾の目にすっかり捉えられているのであった。

「ネエちゃんは、ブラジャーとパンティの着用を許されていたんじゃなかったのかい」

「麗子さんに騙されたんです。最初に支給されたのはカップの刳り抜かれたブラジャーだったし、このコスチュームもブラジャー一体型だなんて麗子さんは言ったけれど、カップの上におっぱいが丸々乗ってしまうんです」

摩耶は乳房を隠すような仕種をしながら、情けなさそうな声で翔吾に返事をした。しかし、隠すべき箇所は乳房だけでなく、股のあいだもすっかり剝き出しになっていた。

というのは、メイド服のスカート部分は超ミニで、丈が股下にかかるかかからないかギリギリの長さだったのである。それで、歩くたびに性器が見え隠れして、乳房以上の淫猥な眺めを提供するのであった。

「パンティはどうしたんだ」

「あ、あの……パンティをつける理由がなくなったといって、麗子さんから穿くことを禁止されてしまったのです」

摩耶は顔を赤くしてもじもじしながら言った。

「パンティをつける理由がなくなっただと？　ははーん、なるほど、そういうことか」

翔吾はすぐに事情を悟ってうなずいた。

「スカートを上げて割れ目を見せてみな」

「いやん、恥ずかしい！」

摩耶は頓狂な叫び声をあげたが、口とは裏腹にいそいそとスカートの裾を持ちあげた。午後いっぱいの時間をかけて屋敷のメイドに相応しい性テクニックや作法を仕込まれた摩耶は、翔吾に性器を見せることも厭わなくなっていたのだ。

「やっぱりな。ツルツルになっているぜ」

翔吾は剝き出しになった摩耶の秘部を覗き込むと納得したように言った。

摩耶の性器は恥丘もデルタの周囲もすっかり毛が剃られ、ぬめっとした肌が剝き出しになっていたのだ。

「麗子さんにこんなにされちゃったの」

「ヒヒヒ、それでパンティ禁止令が出されたんだ。給仕をするときにマン毛が抜ける心配がなくなったからな」

「ひどいわ。パンティぐらい穿かせてくれたっていいのに」

「パンティを中途半端に下げられると、膝に絡んだりして歩きづらくなるんだ。ネエちゃんは給仕の最中に旦那から割れ目を触られるから、最初から穿いていないほうがかえって好都合なんだよ」

「ひゃっ、そんなことをされるの?」

「俺も仕事の合間を見計らって、ネエちゃんを愉しませてやるぜ。旦那だけじゃなく、ここにも活きのよいチンポがあるってことを知ってもらわなくちゃな」

「遠慮します。知らなくてもいいわ」

「遠慮することはないぜ。ネエちゃんが美和以上の淫乱娘だってことは、こちとらお見通しなんだ……ちょっと後ろを向いてみな」

「変なことしちゃ、いやよ」

摩耶は後ろ向きになると、体を少し前に屈めた。そうするだけで黒いサテンのフレアスカートの裾は持ちあがり、白いフリルに縁取られた生地の端から丸みを帯びた双臀が顔を覗かせた。

だが、プリプリと張りのある皮膚の上には赤みのある条痕が二、三本浮かび上がっていた。

「赤い腫れがあるな。早速ヘマをやらかして旦那からお仕置きをされたのか」

「ヘマなんかしなかったわ。お仕置きじゃなくて、気のきいたメイドになるためのレッスンだって」

「それで、さんざん鞭を打たれて気のきいたメイドに躾けられ、気をきかせて旦那のペニスを咥えたあげくに前と後ろの穴をやられちまったってわけだ」

「えっ、どうして全部知っているの。順番は違うけれど」

「へへへ、そりゃあ、旦那がどういう人か、この家で長年コックをやっていればわかるってものよ」

「ひどいでしょう。旦那さまったらまったく容赦しないで、私から二つとも奪っちゃうんだから」

「何を二つ奪われたんだ」

「前と後ろの処女」

「ヒヒヒ、嘘を言うんじゃないぜ。ネエちゃんのような淫乱娘がここへくる前に男を知らなかったなんてことはないだろう」

「ほ、本当よ……あの、少なくとも後ろの穴は処女だったんだから」

摩耶は少し声のテンションを弱めて言い訳がましく訂正した。

「まあ、そういうことにしておいてやるか。とりあえずメイドコスチュームはよく似合っているぜ。プリプリしたおっぱいやケツがコスチュームに映えて色気たっぷりだ」

「美和に比べてどう？」

「レッスンの成果が出たのかな。いい雰囲気のメイドに仕上がっているぜ。美和と比べても遜色がない」

「本当？　嬉しいわ」

摩耶は翔吾に褒められて安堵の声をあげた。摩耶は美和の仕事を引き継いだだけに、彼女より劣っていると言われたくなかったのだ。

「褒めてやったんだから、ちょっとはサービスをしろや」

翔吾は厨房と従業員食堂のあいだを仕切っているカウンターを跳ねあげて摩耶の前にやってきた。

「もう仕込みは終わっているし、お客さんがやってくるまでには少し時間がある」

そう言うと摩耶の肩に手をかけて床に膝をつかせ、コック帽とコックコートなどの仕事着からズボンだけ脱いで下半身を剥き出しにした。

「ほら、旦那のものに見劣りしないだろう」

「……！」

摩耶の目の前に現れたのは高々と勃起したペニスであった。翔吾はエロティックなメイド服に引き立てられた乳房や性器を見ているうちにムラムラと催してきたのだ。

彼は下半身剥き出しのまま椅子に腰掛けると、摩耶を足もとに引き寄せた。

「あん、こんなところひざまずいたら、ストッキングが汚れちゃうわ」

摩耶はメイド服の下にセパレートの黒ストッキングを穿き、ハイヒールの赤いサンダルをつけていた。それで、彼女は床に接するストッキングの汚れを気にしたのである。

とはいえ、摩耶は自分が翔吾によって何をさせられるのかちゃんとわかっていた。

彼女は床にひざまずいた姿勢で首を伸ばし、股間から聳え立っているペニスに舌を絡めた。

「あむ、ぺちゃ……」

「ヒヒヒ、さすがにレッスンを受けたメイドだけあって、気のきいたことをしてくれるぜ」

翔吾は亀頭に伝わる淫らな刺激にいっそうペニスを硬直させながら皮肉っぽくうそぶいた。小太りの彼は太鼓腹をしていたが、その下からにょっきり突き出しているペニスはかなりのサイズを誇っていた。摩耶は亀頭の膨らみを舌や唇で確かめながら、つい数時間前に味わった史人（ふみと）のものと遜色ないことを生々しく実感した。

「もっとも、淫乱なネエちゃんのことだから、チンポを見ると条件反射的に涎がわいてきて、咥えずにはいられない気分になるのだろう」

「む、ぺろ……そんな意地悪を言うのなら、舐めてあげないから……あむ、ぴちゃ」

「舐めてあげないだと？　言葉遣いを知らないのか……ほらっ！」

「？……あひゃあっ、痛ぁーい！」

翔吾の手が摩耶の胸に伸び、ドーム状に突起している乳首を思いきりひねり潰した。摩耶は思いがけない責めに遭ってペニスを咥えた口の端から甲高い悲鳴をほとばしらせた。

「仕置き部屋で仕置きをされた……いや、レッスンを受けてきたのなら、メイドの心構えを習っただろう」

「な、習いました。旦那さまには服従しなければならないって」

「旦那のチンポを舐めるときは、舐めてやっているのか。それとも舐めさせてもらっているのか」

「舐めさせてもらっています……あむ、ぺろ！　でも、翔吾さんのオチ×チンは舐めてあげているのよ。だって、私は翔吾さんに雇われているんじゃないんだから……む、ぺろ！」

「口の減らないガキだな。じゃあ、俺もネエちゃんを鞭でレッスンしてやるか。厨房にも鞭やディルドウなどの責め具があるんだぞ」

「う、嘘！　どうしてそんなものが？」

「旦那が食事の最中に使うのさ。いちいち上の階へ取りに行かなくてすむようにな。だから、給仕をしているときにヘマや粗相をすると、旦那からこっぴどく仕置きをさされるぞ」

「ひゃっ！　割れ目をいたずらされたり、お尻を鞭で打たれたりじゃ、おちおちとウエイトレスの仕事なんかできないわ」

「もっとも、一番の用途は、いっしょに食事をする奴隷夫人たちをお仕置きするためだ。成績の悪い生徒の母親が出頭して、息子の代わりに仕置きを受けるということは聞いているだろう」

「うむ、ぴちゃ……」

摩耶はペニスに舌を絡めながら黙ってうなずいた。史人がスパルタ進学校である明渓学館の理事長で、落ちこぼれの生徒の母親をこの別荘に出頭させ、奴隷の一夜妻として性奉仕をさせるということはすでに麗子から聞かされていた。

「旦那は食堂で奴隷夫人たちを軽く仕置きして愉しみ、ウオーミングアップができたところで例のお仕置き部屋へ連れていって、本格的にSM調教を行なうっていうわけだ。何とも羨ましい話だぜ」

「だから、こうやって私が翔吾さんを慰めてあげているんでしょう。あむ、ぺろ……おいしい」

「へへへ、すっかり恩を着せられちまったな……うむ、美和並みのテクニックだ。旦那にみっちり仕込まれたようだな」

「あむ、ぺろ！　旦那さまもそうだけど、ひどいのは麗子さんよ。オチ×チンを咥えている私の髪を摑んで、唇がペニスの根もとに達するまで何度も押さえ込むんですもの。太いオチ×チンに咽喉を突きあげられて、酸っぱい胃液を何度も込みあげさせてしまったわ……ぺろ、むちゃ！」

「ヒヒヒ、それでイラマチオのテクニックを躾けられてしまったのか」

「そうなの……あむーむうっ！」

摩耶はそう返事をすると、覚えた技を披露するかのようにペニスを咽喉まで咥え込んで舌を肉竿に絡めた。

「あうむ、むんむう……」

「うむ、こいつはいいや。さしずめ、ペニスが子宮に当たっているってところだな」

翔吾は摩耶の積極的なサービスに快楽の呻きを洩らした。まさしく彼の言うとおり、亀頭が咽喉の粘膜に当たる感覚は、ペニスで子宮を圧迫する感覚に通じるものがあったのだ。

「こうなったら、行くところまで行かないと収まらないぞ」

彼はイラマチオをたっぷり愉しむと、怒張したままのペニスを口から引き抜いた。

摩耶の口の中ではなく膣の中に精液をぶちまけようと決めたのである。

2

「立ったまましてやろう」

翔吾は摩耶を立たせると、細長いテーブルの端に彼女の体を押しつけた。

「片脚を上げて膝をテーブルに乗せるんだ」

「こ、こう？」

摩耶は右脚を宙に持ちあげて膝を曲げ、その部分をテーブルの角に乗せた。そうすると、彼女は膝を〝く〟の字に曲げた格好で後ろの翔吾に秘部を差し出すかたちになった。

「ヒヒヒ、こういうときはノーパンだと便利だな」

翔吾は好色そうな笑い声をあげながら、少女の後ろ姿に見入った。

摩耶はメイドコスチュームをつけているものの、パンティを着用していないのでデルタを無防備にさらけ出していたのである。しかも、麗子からパイパンの処置をされているために、性器はまったく無毛でツルツルしていた。

「ああっ、翔吾さんにも処女を奪われちゃう」

摩耶は片脚上げのポーズで尻を後ろに突き出しながら後ろのペニスをチラチラと振り返り、翔吾にとって聞き捨てならぬ台詞を言った。

「呆れた娘だな。ネエちゃんは何度処女を奪われたら気がすむんだ」

「だって、毛がなくなってからセックスするのは初めてなんだもの。翔吾さんにパイパンの処女を奪われたことになるでしょう」

「なるほど。パイパン記念初セックスというわけだな。ついでに、コスプレでハメられるのも初めてなんだろう」

「あっ、そうよ！　お尻丸出しのメイド服を着て、ツルツルの割れ目を翔吾さんに見られると、恥ずかしくてものすごく興奮しちゃう」

摩耶は翔吾の指摘にはっと気づいてうわずった声を出した。

ハイヒールの赤いサンダルを履いて太股まで黒のストッキングに覆われた摩耶の脚は右側は床につき、左側はつけ根から持ちあげて、直角に曲げた膝をテーブルの端に乗せている。さらに、ワンピースのメイド服はスカートが超ミニなので、片脚を上げてそういう格好をすると、裾が持ちあがって尻を丸出しにしてしまう。

摩耶は性器もアヌスも丸見えにさらけ出している自分の姿を意識すると、沸々とわきあがってくる淫らな情感を抑えることができなかった。

「は、早く入れて！　お願い……」

性の悦びと快楽を知った少女は、情欲の炎に身を焦がしながら、掠れた声で挿入をねだった。

だが、翔吾も麗子や史人同様、摩耶がセックスに人一倍関心の強い娘であることをちゃんと見抜いていた。

「男をその気にさせるテクニックをレッスンされなかったのか」

「えっ、なあに？　男をその気にさせるテクニックって……」

翔吾が水を向けると、摩耶はすぐに乗ってきた。

「ケツをいやらしく振って、チンポをねだるんだ」

「そんなあっ！　いやらしいものが丸見えになっているお尻を振るなんて、恥ずかしくてできないわ。まるで、おチンポ欲しさにみっともない仕種をするみたいじゃない」

「そのとおりだろ。ネエちゃんは硬くて太いチンポが欲しくてウズウズしているのだから、その気持ちを込めておねだりをするんだ。ほら、やってみろ」

「あうっ、やりたくないのに……あん！」

摩耶は翔吾に促されると、恨めしそうに泣き言をいいながらも双臀をおずおずと揺らした。

「あん、恥ずかしい！　こんな卑猥なことをさせるなんて……翔吾さんって、旦那さまや麗子さんと変わらないのね。このお屋敷の人って、みんな意地悪だわ……あん！」

「どうだ、ケツを振ってねだると、早く入れてほしいという気持ちがいっそう強くわいてきただろう」

「わ、わいてくるわ……」

「入れてほしいか」

「欲しいわ！　あん、早く！」

「ヒヒヒ、もっといやらしく振っておいらを悦ばせるんだ」

「ああっ、どうしてそんなに意地悪なの」

「俺だって、入れたいところを我慢して、ネエちゃんのためにレッスンをしてやっているんだぜ。だから、ありがたく思え」

「そんな！　意地悪く焦らされて、どうしてありがたいなんて思わなきゃいけないの」

「つべこべ言うんじゃない」

――パシーン！

「ひゃっ！」

剝き出しの臀丘を平手で打ち弾かれ、摩耶は尻肉の灼けるような痛みに悲鳴をあげた。

「旦那からたっぷりレッスンをされて、マゾのメイドに仕込まれたんだろう。ここでそのつづきをやってやろうか」

翔吾はカウンターの中に入ってすぐまた戻ってきたが、手には一本の木ベラを携えていた。

「あわっ、そんなもので叩くなんて！」

「本格的な革鞭でもいいが、ここは一つ料理人に相応しい道具を使ってレッスンをしてやるぜ」

翔吾が厨房から持ってきたのはスパチュラと呼ばれるヘラ状の調理具で、本来はフライパンや鍋の中の食材をかき混ぜるものである。素材はステンレス、樹脂、木、竹などであるが、翔吾の手にしているのは木製で、長さといい、厚みといい、仕置き具としての役目を立派に果たしそうであった。

「や、やめて！　お仕置きなんかしていたら、セックスをする時間がなくなっちゃうわよ」

「ヒヒヒ、時間はたっぷりあるさ。それに、ネエちゃんのマゾッぷりを見れば、おいらのチンポもビンビンになること間違いなしだ」

「ああーん、旦那さまにお仕置きをされたばかりだっていうのに、またここでお尻を打たれるなんて、今日は最悪だわ」

「仕置きじゃなくて、レッスンだとネエちゃんが言っただろう。だから、おいらもスパチュラを使ってレッスンしてやろうというんだ……さあ、男をその気にさせるようにケツを振ってみろ」

――パチーン！

「ひゃあーん！　痛ぁーい！」

翔吾の振るうスパチュラに剝き出しの尻を打ち懲らされ、摩耶は厨房中に響く悲鳴をあげた。しゃもじのような形をした木製のスパチュラは、革鞭にも匹敵する痛みを尻肉にもたらしたのである。

「うく、うく、あひーん！」

摩耶は尻をヒリヒリ疼かせる痛みに耐えきれず、涙をこぼして嗚咽した。

しかし、何のために打たれたのかを自覚している少女は、素っ裸の尻をブルブルと痙攣させながらも懸命に振り立てた。

「ヒヒヒ、スパチュラの効き目があったようだな。ちゃんということをきくじゃねえか」

少女の行なういじらしくも卑猥な仕種は、翔吾の目を愉しませ、劣情を昂(たかぶ)らせるにじゅうぶんだった。彼女は片脚をテーブルに乗せて双臀を大きく割り開き、性器もアヌスも丸見えにした格好でクネクネと尻を振り立てているのであった。

「どうだ、打たれると服従心がわいてくるだろう」

「うひっ、うくうっ……わいてきます」

摩耶は懸命に尻を振りながら従順に返事をした。

「おいらを悦ばせようという気になるか」

「ひくうっ、なります！　一生懸命にお尻を振って、翔吾さんにいっぱい悦んでもらいますから、どうかもう打たないでください」

「もう打たないで、だと？　じゃあ、胸に手を当てて考えてみな。何もされないでケツを振るのと、仕置きをされながらケツを振るのでは、やっている本人はどちらが興奮するか」

「あうっ！　意地悪な質問をしないで……」

「さあ、答えてみろ。ネエちゃんはどちらが興奮するか」

「ううっ、お仕置きをされながらお尻を振るほうが興奮します」

「ヒヒヒ、やはりな。旦那に鞭を打たれてマゾのメイドに躾けられたんだろう」

「躾けられました」

「さすがに旦那は厳格な教育家だ。生意気な娘をきっちり教育して、マゾのメイドに仕上げてしまうんだからな。おいらも見習わなくては」

「あーん、見習わなくてもいいです」

「ヒヒヒ、それっ！」

──パシーン！

「おひぃーん！　お尻が灼けるうっ」

摩耶はスパチュラの打擲（ちょうちゃく）を浴びて悲鳴をあげ、痛みに急（せ）かされるかのように尻を激しくくねらせた。そのように卑屈で迎合的な仕種が翔吾のサディスティックな情欲を昂らせたのは間違いのないところであった。そして、摩耶自身も尻を打たれて卑しい仕種を強要されることにマゾヒスティックな興奮を覚え、パイパンとなったばかりの媚肉から淫蜜をあふれさせるのだった。

──パシーン！

「ひゃいーっ！　もう堪忍してぇーっ！」

「ヒヒヒ、おいらを早くその気にさせないと、お猿さんのようにケツが真っ赤になってしまうぞ」

「いやぁーん！　まっすぐ立っていても、スカートからお尻がはみ出してしまうのよ。

そんなのを旦那さまに見つけられたら、翔吾さんといやらしいことをしていたのがばれちゃうわ」

「ばれてお仕置きをされるのはネエちゃんだけだ。おいらは旦那と仲がいいからな。ネエちゃんはケツの軽い淫乱娘と烙印を押されて、お仕置き部屋の天井から一晩中吊るされるぞ」

「ひいっ！　一晩中なんて吊るされたら、途中でお漏らしをしてしまうわ……ああん、まだその気にならないの？」

「へへへ、実はとっくにその気になっているんだが、こうしてマゾ牝メイドをレッスンする愉しみも捨てがたくてな。それで、迷っているというわけだ」

「ああーん、迷わないでください」

――パシーン！

「ひゃいーん！」

「ケツを振りながら、言葉でねだってみろ」

「ああっ、お願いします、翔吾さん！　淫乱メイドの摩耶は、硬くて太いオチ×チンが欲しくて気が狂いそうなので、早く入れてください」

摩耶はいやらしげに双臀を振り立てながら、後ろの翔吾に向かって精一杯卑屈にねだった。

「ようし、それなら……」

翔吾は打擲の手を止めて、太鼓腹の下から天狗の鼻のような角度で気負い立っているペニスをラビアにあてがった。正直なところ、彼も挿入せずにはいられぬほど気分を昂らせていたのである。

「それっ、おいらのチンポを味わえ！」

「ああーん！　太いのが入ってくるぅ」

無毛の性器にあてがわれたペニスがラビアを割って侵入してくると、摩耶は感に堪えぬような喘ぎを込みあげさせた。彼女は片脚上げの卑猥な格好で尻をいやらしく動かし、さらにはスパチュラで尻を打擲されることによって淫らな情感を煽り立てられ、陰部の肉襞をとっぷり濡らしていたのだ。こうして摩耶はまだ十六の少女であるにもかかわらず、短時間のあいだに二人の大人とセックスをするに至ったのである。

3

「そらっ、どうだ！」

「あひひっ、あひひーん！」

「ヒヒヒ、ノリのよい娘だ。そうとう興奮しているな」

「あん、あん、興奮しています……あーん！」

「何がネエちゃんの興奮要素になっているんだ。一つ教えてくれねえか」

「あん、状況が異常なんだもの……あおっ、太いのがズンズン突きあげる！」

「異常な状況とは何が異常なんだ」

「厨房でコックさんに犯されていることよ」

「コックにハメられるのが異常なのか」

「とても異常よ。生まれてからこのかた、太ったコックさんをセックスの対象になんて考えたことがなかったもの」

「ヒヒヒ、言ってくれるぜ、ネエちゃん」

翔吾は怒るよりも苦笑いした。ストレートにものを言う摩耶だが、どこか憎めないところがあったのだ。

「それで、デブのコックにハメられる気分はどうだ」

「ああん、すごく気持ちいい！」

「そう言ってもらえると、ハメ甲斐があるぜ。しかも、ネエちゃんはお仕置き好きのマゾメイドだしな……ほらっ！」

——パシーン！

「わひゃっ、ひゃーん！　また打つなんて……」

「ヒヒヒ、お仕置きつきのセックスだ。スパチュラで打たれると、コックにハメられていることを実感するだろう」

スパチュラを振るって摩耶の臀丘を打ち懲らした翔吾は、目を残忍そうに光らせながらうそぶいた。彼は摩耶と結合したあとも責め具を手放さなかったのである。

「それにしても、メイド服を着たネエちゃんはいやらしさたっぷりだな。美和も同じ服を着ていたが、いやらしさの点で服が似合っているのはネエちゃんのほうだ」

「自分でもいやらしい姿だって思うわ。でも、翔吾さんもコックの帽子をかぶったり白い服を着たりしているから、二人でコスプレセックスをしているみたいじゃない」

「ヒヒヒ、淫乱メイドが仕事の合間に厨房でデブのコックに後ろからハメられて、ヒイヒイとよがり狂うっていう図だな」

翔吾は自嘲気味に言った。しかし、彼が上機嫌なことは調子に乗った口調や笑い声からじゅうぶんに窺われた。もっとも、機嫌がよいからといって、スパチュラの打擲を控えるということはなかったが……。

――パシーン！

「あひゃあ！……あ、あ、あうっ！　ああーん、打たれたあとにオチ×チンが動くと、粘膜の感じ方が強くなるのぉ」

「ヒヒヒ、やはりネエちゃんはマゾに躾けられたんだな。まだ若いってのに、こんな悦びを知ってしまうと、人生狂っちゃうぜ」

「もうじゅうぶん狂わされているわ。バイトをやりにきたつもりが、セックスをするためにきたようになっちゃったんだから」

「旦那も罪深いぜ……それっ！」

――パシーン！

「ひゃーん！　罪深いのは翔吾さんも同じよ。スパチュラでお尻を思いきり叩きながら、太いオチ×チンで容赦なくヴァギナを突きあげるんだから」

「じゃあ、体位を変えてやろう」

翔吾はいったん結合を解いて摩耶と向かい合わせになり、彼女をテーブルの端に腰掛けさせた。

「そらっ、両脚を持ちあげて股を開け」

再結合は駅弁ファックの体位で行なわれた。翔吾は、テーブルに腰掛けた摩耶の左右の脚を抱え込んでヴァギナを穿ったのである。

「あん、ゾクゾクするぅ！」

再びペニスが膣の奥まで侵入してくると、摩耶は翔吾に抱きついて快楽を訴えた。

「そらっ、いいだろう！」

「あん、あーん！」

駅弁ファックといっても、翔吾は摩耶の体を宙に浮かせる力を必要としなかった。なぜなら、彼女はテーブルの上に尻をついているので落ちる心配がなかったからである。それで、翔吾は下から腰を突きあげるようにしてペニスをヴァギナに送り込んだ。

「うむ、あらためて締まりのよさを感じるぜ」

「本当、嬉しい！　あひっ、あいーん！　翔吾さんのも太くて硬いわ。それに、オチ×チンだけじゃなくて、大きな下腹が股の付け根にパンパン当たってくるのが気持ちいいの」

「へへへ、デブをちょっとは見直したか」

「見直したわ。翔吾さんはおデブちゃんじゃなくて小デブちゃんよ」

「口の減らないネエちゃんだな。おいらは褒められているんだか、けなされているんだか……」

「褒めているに決まっているでしょう。コックさんとのセックスも悪くないなって、私に思わせるんだもの」

「ヒヒヒ、じゃあ、キスをしようか……うんむ」

「あ、いやっ……あうむ！」

翔吾が摩耶の唇を割って舌を挿し込もうとすると、彼女は一瞬拒絶しかかったが、すぐに思い直して自分の舌を彼のものに絡めた。

「あむむ、うむ……」

「あんむ……むうーん！」

小太りのコックとメイド服を着た摩耶は舌同士を絡め合いながら、ペニスとヴァギナをこすり合わせた。上下二カ所の粘膜に快感が広がり、彼らを至福の境地にさせた。

「むむ、むうーん！　ああっ、いいっ……あーん！」

「最初はキスをいやがっただろう。どうしてだ」

翔吾は唇を離すと腰を小刻みに動かしながら訊ねた。

「あん、だって……唇は好きな人に取っておきたかったんだもの」

「好きな人ってだれだ」

「まだいないけれど、そのうち現れるイケメンの子。年上のお兄さんやおじさんには唇を奪われなくなかったのよ」

「年上のお兄さんとはおいらのことなんだな。よくも本人を目の前にして言ってくれたな」

「あっ、怒らないで！……もうお仕置きしちゃいやよ」

「『お仕置きしちゃいやよ』とか言って俺をその気にさせようとしているんだろう。ネエちゃんは、まったくマゾメイド向きだ」

「あわわっ、その気になんかならなくていいのよ」

「ヒヒヒ、もう遅いぜ」

翔吾はペニスを挿入したまま摩耶の尻に手をかけてテーブルから持ちあげた。そして、再びスパチュラを取りあげると、宙に浮いた尻を思いきり打ち懲らした。

――パシーン！

「ひゃいーっ！」

「しっかり抱きついていないと、ずるずる落ちてしまうぜ」

――パシーン！

「ひやあーん！」

摩耶は悲鳴をあげながら、翔吾の体に必死でしがみついた。テーブルの上から離れた彼女は自力で体を宙に保たなければならなかったのだ。

彼女は両脚で男の胴を挟み、さらに両手を首に回してきつく抱きしめた。それでも肉体は重力の法則に従って重たい尻の部分から徐々に沈み込んでいく。すると、挿入されたペニスがいっそう深く膣を穿ち、アブノーマルセックスのSM的要素を際立たせるのであった。

「ほら、ほら、奥までぴったりハメてやるぞ」

「あひいっ、きっつーいっ！」

尻にあてがった手で体を上下にゆさゆさ揺らすと、摩耶の膣を串刺しにしたペニスは先端の亀頭を子宮に届かせ、粘膜をズンズンと突きあげた。

——パシーン！

「あひゃーん！　もうこれ以上マゾに仕込まないでぇ」

「これ以上仕込まないでだと？　ということは、もうじゅうぶんに仕込まれているのか」

「あぁーん、仕込まれています！　お尻をスパチュラで叩かれるのも、太いオチ×チンで子宮を突きあげられるのも、マゾの興奮をゾクゾク感じさせられます。どうか、今以上のマゾに仕込まないでください」

「はて、おかしなことを言うネエちゃんだな。もうマゾの快楽を知っているんだから、もっと仕込まれればいっそう愉しみが広がるじゃないか」

「あ、あの、病みつきになってしまうのが怖いんです。これ以上変なことを覚えたら、普通のセックスでは満足できなくなり、常にいやらしいことばかり考えるようになってしまいます」

「つまり、淫乱牝になってしまうというんだな。そうなったら、いつでもおいらに言いな。変態セックスの相手をしてやるから」

「あーん、その変態セックスが困るのよ！　イケメンの男の子と知り合ったときに、自分の変な趣味がばれたら身の破滅になっちゃうでしょう」

「贅沢なことを言うネエちゃんだな。だが、ネエちゃんはこの屋敷のメイドになったからには、とことんいやらしいことを覚え込まなければならないんだ……ほら！」

――パシーン！

「ひゃーっ！……あん、あん、あーん！」

「ヒヒヒ、いい泣き声だぜ……よし、そろそろ仕上げだ」

翔吾は摩耶をテーブルに戻し、仰向けの体位を取らせた。そして、それぞれの手で足首を摑み、左右に大きく開かせた。

「あひゃっ、股が裂けちゃう」

「こういう格好でハメられると、自分の恥ずかしい姿を意識していっそう興奮するだろう」

「ああん、興奮するわ！　バイトの初日に悪党コックさんに厨房に引きずり込まれ、太いオチ×チンで残忍に犯されているメイドの気分よ」

「悪党コックとはずいぶんじゃねえか」

「だって、か弱い少女を無理やり犯すのは悪人のやることだもの」

「か弱い少女だと？　要するに、ネエちゃんは悪人に無理やり犯されるか弱い少女を演じたいんだな」

「そのほうが興奮するでしょう」

「それならおいらも遠慮しないぜ。悪党コックに相応しく、うんと虐めてやるからな……そらっ、どうだ！」

「ひゃあーっ！　これ以上拡げないで！　本当に裂けてしまうから」

高々と持ちあげた両脚を翔吾がさらに大きく開かせると、摩耶はたまらず悲鳴をあげた。

「ヒヒヒ、か弱い少女が股裂きの刑に遭って、大股開きの格好を強いられてるってわけだ。恥ずかしいし、痛いし、たまったものじゃねえよな」

小太りのコックは丸い腹の下から聳え立つペニスを摩耶の膣奥に打ち込みながら、嘲るように言った。彼も、摩耶の設定した悪党コックを演じることにムラムラと興奮したのである。

「この格好でハメると、チンポがぐんと奥まで届くぞ……ほらっ、チンポのつけ根がネエちゃんの股にぶち当たるのがわかるだろう」

「あん、あひっ、わかるわ。パスン、パスンといやらしい音が響いてくるもの……あひーん！　股裂きはもう許してぇ！」

「許すわけがあるか。おいら、すっかりその気になって悪党コックを愉しんでいるのだから……ほらっ、もっとお仕置きだ！」

「ひゃっ、ひゃっ、ひゃあーん！　いいーっ！」

「ネエちゃんのようなマゾは虐めてやるにかぎるな。股裂きだけでなく、チンポでも虐められていると感じるんだろう」

「あん、感じます……ひい、ひいん！　硬いオチンポに虐められるのがいいーっ！」

「おいらのチンポでもっと虐めてほしいか」

「ああっ、虐めてください！　でも、股裂きは堪忍……脚のつけ根が痛すぎて、イクことができないんです」

「イキそうなのか」

「ああーん、おチンポに虐められるだけだったら、もうとっくにイッています。翔吾さんは悪党コックさんだけど、おチンポはすごいんだから」

「ヒヒヒ、そういうことなら！」

翔吾は摩耶に褒められると相好を崩した。彼は足首を摑んだ手を放し、代わりに双つの乳房を揉みしだきながら力強くペニスを膣に送り込んだ。

「あーん、あひーん！ 硬くて太いおチンポにぐりぐりこすられるうっ……ひーん、翔吾さんのおチンポに虐められて、イッてしまいますーっ！」

「よし、イケ！ おいらも出すからな」

「ああーん、きてえぇ！ 一人だけでイカせないで……ひーん、イクぅ！」

「おうっ、イクぞ！ よっしゃーっ！」

激しく興奮して絶頂に達した摩耶につづき、翔吾もペニスをクイクイ突きあげながら精液を勢いよく射出した。こうしてコックとメイドのコスプレコンビは濃密なセックスによって互いに親近感を増したのである。

第五章　奴隷夫人たちの贖罪

1

夕方の七時になると、史人(ふみと)が食事をするために一階の大食堂に下りてきた。

コックの翔吾は摩耶とのセックスでだいぶ時間を費やしたが、その頃までに遅れを取り戻し、出す順番に手際よく調理を始めていた。

「摩耶！　旦那さまは夕食の際には焼酎の水割りをお召しあがりになるから、このセットを持っていってお給仕をしなさい」

麗子も手伝いにやってきて、焼酎の壜(びん)やアイスペール、グラスなどを銀盆に乗せて摩耶に渡した。

「旦那のところで油を売っていないで、すぐに戻ってくるんだぞ」

「あら、翔吾さん、妬いているの」

「馬鹿言っているんじゃねえ！　つぎの給仕があるからだ」

「あん、そんなこと言ったって、旦那さまに引き留められたら断れないでしょう」

「おまえはいやらしいことばかり期待しているのね。ほら、さっさとお行き」

「はーい」

摩耶は麗子に促されると軽い声で返事をし、盆を両手で捧げて大食堂に行った。

大食堂はエレベータホールを挟んで厨房の反対側にあるが、質素な従業員用の食堂とは異なって、高い天井からシャンデリアの吊るされた豪華な作りとなっていた。テーブルも銘木のローズウッド製で向かい合わせに椅子が五脚ずつ置かれていた。もっとも、席についているのは史人だけであったが……。

「旦那さま、お酒をお持ちしました」

大食堂に足を踏み入れた摩耶は、盆を捧げて史人のもとへ参上した。彼はテーブルの中央に腰掛けていたが、折り目のついた黒いズボンを穿き、ボタンダウンの白いワイシャツを着用していた。ネクタイこそ着けていないが、多少フォーマルな感じのする服装であった。

「フフフ、こっちのメイド服のほうが浴室用よりもシックだな」

史人は摩耶がそばにやってくると、目を細めて笑った。

しかし、摩耶にとってはシックもへったくれもなかった。なぜなら、浴室用のコスチュームもウエイトレス用のコスチュームも、乳房や性器、尻などが丸見えとなっていることに変わりはなかったのだから。

とはいえ、現在着ているウエイトレス用メイド服のほうがユニフォームの体裁をなしている点ではシックといえばシックかもしれないし、摩耶もそれなりに気に入っていた。

「水割りを作ってくれ」

「はい」

摩耶は従順に返事をすると、アイスペールの氷をトングに挟んでグラスに移し、焼酎とミネラルウオーターを注いでからマドラーでかき混ぜた。未成年の彼女はアルコールを飲んだことも水割りを作ったこともないので、厨房で麗子にレクチャーされてきたのである。

「どうぞ」

「うん」

史人は摩耶からグラスを受け取ると、テーブルに置く前に一口ゴクリと飲み込んだ。それで摩耶は下がろうとしたが、すぐに彼の手がスカートの端を摑んだ。

「ちょっと待て」

「あっ、だめですよ。お料理を取りにいかなくちゃならないんですから」

「コスチュームを点検してやる。手間を取らせないから、そこで〝気をつけ〟をしてみろ」

「じゃあ、お触りはなしで、見るだけにしてください」

摩耶は仕方なく史人に体を向けて立った。

「性器の割れ目が見えるか見えないかのぎりぎりだな」

「歩くと裾が動いて見えちゃうんです」

摩耶はもじもじしながら返事をした。史人のいうように彼女の性器はスカートの下端から無毛の媚肉を見え隠れさせているのであった。

「フフフ、だからシックなメイド服だというんだ。見られるのが恥ずかしいと思えば、小股で歩くように心がけるだろう。それがシックな雰囲気を醸し出すことになるんだ。今度は後ろを向いてみろ」

「あわわっ、お尻を調べるのはあとにしてください」

摩耶は泡を食ったように叫んだ。

「どうしてだ」

「あ、あの……ちょっと事情があって」

「何だ、事情とは？　いいから後ろを向け」

「見てもいいけど、変な言いがかりはつけないでね」

摩耶は仕方なく史人に向かって尻を向けた。超ミニのフレアースカートは尻をほとんど隠すことができず、臀丘は双つとも丸見えに近かった。だが、プリプリと弾力に富んだ尻肉は左右とも赤くむくんでいた。

「さっきよりも腫れあがっているじゃないか。私はこんなに赤くなるほど仕置きをした覚えはないぞ」

「悪いのは翔吾さんなんです。あの人ったら、料理に使うスパチュラで、お尻を何発もお仕置きするんだから」

「さては、翔吾とセックスをしたな。ケツを叩かれながらハメられたんだろう」

「ど、どうして、そんなことがわかるんですか」

「翔吾を何年使っていると思っているんだ。奴のやりそうなことぐらいすぐわかるさ」

「すごい！　翔吾さんも同じことを言っていましたよ。旦那さまがどういう人か、この家で長年コックをやっていればわかるって」

「翔吾はSMセックスが好きなんだ。スパチュラか何か知らないが、仕置きをしながらハメるのが一番興奮すると前々から言っていた」

「あーん、どうして早く教えてくれなかったんですか。私、本当にお仕置きをされながら、犯されちゃいましたよ」

「フフフ、無理やり犯されたのではなくて、おまえが犯すように仕向けたんだろう。そのついでにスパチュラの洗礼を受けて、いっそうマゾに磨きがかかったというわけだ」

「へん、そんなこと、知りませんよ」

「スカートをまくって、ケツを後ろに出してみろ」

「こ、こうですか……」

摩耶はスカートの裾を持ちあげると、丸出しとなった双臀をビクビクしながら後ろに差し出した。

――パシーン！

「ひゃあっ！」

平手でスパンキングをされ、摩耶は甲高い悲鳴をあげた。

「よし、行け！　戻ってきたら、つづきをやってやる」

「あーん、これ以上お尻を叩かれたら、赤剝けになって椅子に座ることができなくなってしまいます」

摩耶は泣きながら厨房に逃げ帰った。

「ヒヒヒ、旦那にばれてしまったな。ネエちゃんの悲鳴はここまで聞こえてきたぜ」

翔吾は摩耶が戻ってくるとニヤニヤ笑って話しかけた。

「ど、どうしよう。きっと、お給仕をしに行くたびにお尻を叩かれるわ」

摩耶はヒリヒリする尻を手でさすりながら、怯え声で言った。

「みんな翔吾さんがいけないのよ。あんな調理具でお尻をパンパン叩きながらセックスをするんだから！　お尻が真っ赤に腫れて旦那さまにばれてしまったじゃないの」

「だが、そのセックスにはまったのはネエちゃんじゃないのか。駅弁ファックで下からケツを叩かれるたびに、おいらの首にしがみついてヒイヒイよがり泣きをしただろう」

「ううっ、したわ……でも、ちょっと後悔しているの」

「今は旦那が怖くて後悔しているが、明日になればまたやりたくなるぜ……さあ、これを持っていきな。前菜三種盛りだ」

翔吾は三品のつまみが盛りつけられた長皿をカウンターの上に置いた。

「麗子さんは?」

「奴隷夫人たちを呼びに行ったぜ」

「あっ、そうか。旦那さまは奴隷夫人たちといっしょに食事をするんだ」

「もう会ったのか」

「ええ。少し前に麗子さんといっしょに会ったわ。一人は真澄(ますみ)美さんといってぽっちゃりした美人ね。もう一人は絵理菜(えりな)さんといって、スレンダーだけどおっぱいやお尻の大きさが目立つ人。お友だち同士らしくて、真澄美さんの運転する車でいっしょにやってきたわ」

摩耶は翔吾とセックスをしたあと麗子に呼ばれ、別荘に出頭してくる夫人たちを二人で出迎えたのである。彼女たちは今頃はそれぞれに割り当てられた部屋で身支度を整えているはずであった。

「二人とも四十過ぎとは思えないほど若々しくて美人だけれど、見るからにビクビクしていて、ちょっと可哀想だったわ」

「そりゃそうだ。落第寸前の息子を何とか救ってもらいたいと体を差し出すのだから、奴隷の扱いをされるのは当然だ」

「ということは、彼女たちがやってきたら、旦那さまの関心は二人に向けられるのね。そうすれば、私はお仕置きから解放されるんだわ。あーっ、よかった！」

「ヒヒヒ、そうはうまくいくかな。さあ、早く持っていけ」

「はい！」

摩耶は前菜の皿を盆に載せると、元気よく厨房を出発した。弾力感に満ちた尻をクネクネと振り立てながら歩く後ろ姿は翔吾の目を愉しませるにじゅうぶんだった。

「旦那さま、お待たせしました。前菜の三種盛りです」

摩耶は史人の前に進み出ると、皿をテーブルに置きながら翔吾に教えられたとおりに料理を説明した。

「こちらがアワビの塩蒸しで、真ん中が鯛のカルパッチョ、一番右がえーと……長崎産のからすみです」

「うん、旨そうだ」

史人は水割りのグラスを置くと箸を取り、薄く波状に切られたアワビを口に入れた。摩耶は水割りを作り直すと、史人が前菜を食べているすきにそっと立ち去ろうとした。

「待て！」

「……！」

男の鋭い声に、摩耶はビクッと肩をすくめて立ち止まった。

「翔吾に言って、鞭を出してもらえ」

「ひゃっ、そんなものを使ったら、せっかくのご馳走がまずくなるからやめましょう」

「いいから、持ってこい」

「ううっ……」

摩耶は仕方なく厨房に引き返し、翔吾に向かって史人の要求を伝えた。

「ヒヒヒ、教育者の本領発揮だな」

「あーん、あんまり本領発揮しないでくださいって頼むわ」

摩耶は翔吾が厨房の棚の中から取り出した革鞭を盆に載せると、重い足取りで大食堂に向かった。

2

「旦那さま、鞭をお持ちしました」

摩耶はビクビクしながら革鞭を史人に差し出した。摩耶が盆に載せて運んできたのは長さ四十センチ、幅五センチほどの短鞭で、革製の定規のようなものであった。

「あの……私に使うんじゃありませんよね。麗子さんが呼びにいっている奴隷夫人たちをお仕置きするためのものでしょう」

「仮にそうだとしても、今のところここにいるのはおまえだけだ」

「あわっ！」

「フフフ、とりあえず両手でスカートを持ちあげてみろ。パイパンになった割れ目を検査してやる」

「あん、こんなところで検査なんかしなくてもいいのに」

摩耶は史人が鞭をテーブルに置いたのを見ると、ほっと安堵の息をつきながら命令に従った。

「うむ。肉の割れ目がはっきり見える。やはりメイドは衛生面からも毛を処理しておくべきだな」

史人は、スカートを持ちあげてじっとしている摩耶の陰裂を覗き込みながら、訳知り顔で言った。

「だが、おまえは濡れすぎだな。外見からもいやらしく濡れているのがわかるぞ」

そう言いながら、手を伸ばして割れ目に指を挿し込んだ。

「ほら、思ったとおり、中はヌルヌルだ」

「あん、メイドの仕事がいやらしすぎるんです。おっぱいどころか、性器やお尻の穴まで丸出しにした格好でお給仕をさせられるんですから。興奮しないほうが不思議だわ」

「だが、仕事の最中に牝づゆをあふれさせるとはけしからん」

「けしからんと言われても……あ、あん！　こんなふうに触ったりするから……あいっ、クリットが感じる！」

「牝づゆを垂れこぼすのを、私や客に見られたらみっともないだろう」

「そんなぁ……パンティを穿かせてくれないから、みっともないものが見られてしまうんです」

「減らず口を叩く娘だな。やはり仕置きをしてやらなければ示しがつかぬ」

「ひゃあっ！　やめてください」

摩耶は史人が鞭に手を伸ばすのを見ると、慌てて逃げようとした。

しかし、そのとき大食堂には新たな人員が現れた。

麗子が二人の奴隷夫人を連れて入ってきたのだ。

「！……」

摩耶は厨房に逃げ帰ろうとしていたが、食堂に入ってきた三人を見ると思わず足を止めた。麗子に連れてこられた奴隷夫人たちの姿が何とも異様で、彼女の好奇心を惹いたのだ。

「足並みを揃えてお行儀よく歩くのよ」

麗子の声が大食堂に響き渡った。

彼女は摩耶のように乳房も性器も剝き出しであったが、編みあげのコルセットで胴を引き締め、足先から太股まで覆う網ストッキングをガーターベルトで吊っていた。

一方、夫人たちは麗子と対照的に体に何もつけておらず、まったくの素っ裸であった。

唯一の装身具は奴隷夫人という身分を象徴する首輪であり、うなじに取り付けられたリードの鎖を麗子の手に握られていた。彼女たちは隣合わせに並び、四つん這いの格好で大食堂に入ってきたのだ。

——ピシーン！……ピシーン！

「うひゃっ！」

「あうっ！」

ボリューム感あふれる肉体をミストレス風コスチュームで強調した麗子は、手にした乗馬鞭をふるって四つん這いの熟女奴隷たちを追い立てた。

「旦那さま、今夜の奴隷妻佐竹真澄美と芝山絵理菜を連れてまいりました」

麗子は素っ裸の熟女たちを史人の足もとに這い進ませて報告した。

「さあ、ご挨拶とお詫びをしなさい。まず、佐竹真澄美！」

「は、はい……理事長さま！　一年C組佐竹祐介の母親真澄美でございます。祐介が一学期の中間・期末試験で合格点に達しなかったことを心からお詫びいたします。今夜は本人に代わって母親の私が理事長さまの責めを受け、奴隷としてお仕えいたしますので、どうか祐介にもう一度チャンスを与えてくださいませ」

「芝山絵理菜！」

「理事長さま！　一年C組芝山陽斗の母親絵理菜でございます。一学期に陽斗が力不足で成績不振であったことを深くお詫びいたします。息子に代わってお仕置きを受けますので、どうか陽斗を退学させないで、二学期を迎えさせてやってくださいませ」

二人の全裸夫人は史人の足もとにひれ伏し、落ちこぼれになりかけている息子のために懸命に謝罪をした。スパルタ校である明渓学館では、成績不振者には容赦なく退学の勧告がなされるのであった。

「……」

懸命に謝罪をする母親たちを、史人は冷厳な目で見下ろした。彼は黙ったまま麗子に向かって手を差し出し、彼女から乗馬鞭を受け取った。テーブルの上の短鞭では床にひれ伏している罪人たちに届かせるには無理があったのである。

「両手を床についたまま、膝を浮かせてお尻を高く持ちあげなさい。理事長さまが鞭をくださるから」

「は、はいっ……」

「うっ、はい……」

全裸の母親たちは麗子の指示を聞くと、哀しげに返事をして言いつけに従った。肘を曲げたまま手を床につき、膝を浮かせて素っ裸の尻を高々と持ちあげた。四つん這いというよりは四つ足で、何ともみっともない格好であるが、やっている本人たちはそのポーズが史人の鞭を背中越しに受けるためのものであることを知っているだけに、恥ずかしさよりも恐怖のほうが大きかった。

「絵理菜！　もっと足を離しなさい。お尻の谷底をさらけ出してアヌスが見えるようにするのよ」

「真澄美！　膝を伸ばしなさい。理事長さまが打ちやすいように、お尻を高く持ちあげるのよ」

麗子は厳しい声で罪人のポーズにそれぞれ注文をつけた。命令された本人たちは史人の代理者である麗子に唯々諾々（いいだくだく）と従うよりほかなかった。

――ピチィーン！

「うひひひーん！」

――ピチィーン！

「うひゃーっ！」

彼女たちの背中越しに振り下ろされた乗馬鞭の革ヘラがアヌスを捉え、敏感な粘膜に絶大なる痛みをもたらした。分別ある熟女夫人たちは外聞を慮（おもんぱか）って懸命に悲鳴をこらえようとしたが、その努力も空しく悲痛な叫びが咽喉からほとばしるのを止めることができなかった。

「フフフ、打ち応（ごた）えのある奴隷たちだ。よし、席につかせてやれ」

史人はそれぞれ一発ずつ鞭を見舞うと麗子に命じた。

「真澄美！　おまえは旦那さまの右隣。絵理菜！　おまえは左側よ……摩耶！　椅子を引いて、絵理菜をテーブルの上に上げておやり」

麗子は自らの手で真澄美をテーブルの上に押しあげると、摩耶に命じて絵理菜にも同じことをさせた。

実は、奴隷夫人たちが席につくというのは椅子に座ることではなく、椅子をステップにしてテーブルの上に乗ることだったのである。そばで残忍なアヌス打ちを固唾を飲んで見物していた摩耶は「席につく」ということの意味を知ると、絵理菜を手助けしてテーブルの上に載せてやった。

こうして全裸の熟女二人はテーブルの上に載せられたのだが、麗子によって厳しい作法を課せられた。

「正座をして、理事長さまに顔を向けなさい。両手を頭の後ろに組んで、膝は三十センチ以上離すように」

四十過ぎの熟女でも、茶道にでも慣れ親しんでいないかぎり硬いテーブルの上で正座をするのは一種の拷問に等しかった。しかし、それでも彼女たちは懸命に言いつけに従い、テーブル上での正座にじっと耐えた。真澄美も絵理菜も、担任教師から退学勧告が出されそうな息子を理事長に取りなしてもらうのに必死だったのである。

（すごーい！　奴隷夫人たちはこんなことをさせられても、文句一つ言わないんだ）

摩耶は、素っ裸の母親たちが膝や脚の痛みに耐えながら懸命に正座をし、両手を頭の後ろに組む服従のポーズを保っているのを見て感心した。もし、摩耶が同じことを命じられたら、必死に抵抗するか泣きを入れて許し乞いをするかのどちらかだろう。

「摩耶！」

「はい？」

――パシーン！

「ひゃーっ！　痛ったーい！」

史人に声をかけられてはっと我に返った途端、臀丘をしたたかに打ち懲らされて甲高い悲鳴をあげた。

「フフフ、おまえの持ってきた鞭だ。このサイズの鞭はどういう場面で使えば効果があるか、わかるか」

「うひーっ、わかります。相手がすぐ近くにいるときに使う鞭なんでしょう」

摩耶はヒリヒリする尻を後ろ手でさすりながら返事をした。実際、彼女は厨房に帰るのを忘れて、史人の至近距離で見物していたために短鞭を尻に打ち込まれたのだった。

「旦那さまがその鞭を手にしているときは、私は絶対に近寄りませんからね」

「こういうものが見られても、近寄らないのか」

史人はそう言いながら、同じ鞭を目の前の絵理菜に見舞った。

――パシーン！

「うひーっ！」

定規のような短鞭は絵理菜の白い乳房を打ち弾き、彼女に悲痛な叫びをあげさせた。まさに摩耶が言い当てたように、近距離の対象物を標的とするにはうってつけの責め具であったのだ。

「ほら、おまえもだ」

――パシーン！

「うひゃあっ！」

史人に向かって右側にいる真澄美にも短鞭が打たれ、強烈な衝撃で彼女の乳房を揺るがした。

「奴隷どもが仕置きをされてマゾ泣きする様子を見ながら給仕をするんだぞ。どうだ、わくわくするだろう。そのついでに、おまえも二、三発おこぼれをちょうだいすれば、大興奮すること間違いなしだ」

「お仕置きを見て、わくわく！　おこぼれをちょうだいして、大興奮ですって！……そんなふうに感じるわけないでしょう。旦那さまは、私のことを淫乱マゾときめつけすぎです」

「そうかな。ケツを真っ赤にして、性器から淫蜜をこぼしかけている様子はどう見ても淫乱マゾのものだが」

「あん、意地悪！　麗子さん、何か言ってやってください」

「このお屋敷にきて、水を得た魚のように生き生きしているじゃない。いやらしいメイドの仕事がよほど合っているようね」

「もう！　そんなことありません」

麗子にも皮肉を言われ、摩耶はプンプンと怒った。だが、実際、彼女はメイドの仕事をそれなりに愉しんでいたのである。

「さあ、メイドの仕事が忙しくなるよ。翔吾のところに行って、奴隷たちの口に嵌める道具をもらっておいで」

「はい」

摩耶は麗子に言われて厨房に引き返したが、たしかに史人の言うとおり、わくわくした期待が胸にわきあがってきた。

3

翔吾が新たに出したのは、穴開きのプラスチックボールに革のストラップを通した二個のボールギャグであった。

摩耶はそれらを盆に載せて麗子のもとに運んでいったが、彼女はメイドの少女に向かってこう言った。

「おまえが嵌めてやるのよ」

そこで摩耶はテーブルの上で正座を強いられている奴隷夫人たちの後ろに回り、一人一人の口にギャグをあてがいながら言った。

「お口を大きく開けなさい。ボールを咥えてお行儀よくするのよ」

夫人たちは摩耶の命令に逆らえなかった。摩耶も麗子と同じく、奴隷夫人たちを支配する側の者だったのである。こうして彼女たちは娘のような年齢の少女によって箝口具を嵌められて、口を閉ざす術も、ものを言う自由も奪われてしまったのである。

「摩耶の言うように、お行儀よく正座をつづけるのよ。もし、涎なんかこぼしたら、理事長さまにきつくお仕置きをされるからね」

「……」

「あわっ！」

麗子の意地悪な警告を聞いて、奴隷夫人たちは箝口具を咥えさせられたわけを悟った。サディストの史人は彼女たちがみっともない粗相をするのを待っているのだ。

「フフフ、涎が垂れてきたら、鞭に絡めて乳房を打ってやろう。濡れればどれだけ威力が増すか実感できるように、最初に乾いた鞭で打っておいてやる」

史人は真澄美と絵理菜の顔を交互に見あげながら、軽く鞭をふるってそれぞれの乳房を打擲した。

――パシーン！……パシーン！

「うひっ！」

「ひいっ！」

真澄美と絵理菜はそれぞれ乳房に短鞭を浴びて、ボールギャグの小穴から悲鳴をほとばしらせた。箝口具を嵌められた現状では唇を噛んで悲鳴を押し殺すことなど不可能で、マゾヒスティックな叫びが部屋中に響いてしまうのであった。

「おまえたちの息子は同じクラスだな……絵理菜！　何年何組だ」

「いひにぇんしーくみれふ（一年C組です）」

名指しされた絵理菜は呂律（ろれつ）の回らない口で懸命に返事をした。彼女はショートボブの髪をして、彫りの深い西洋的な顔立ちをしていた。体つきはややスレンダーだが、乳房は体型に比してかなり大きく、痩せ形の巨乳といった趣（おもむき）をなしていた。

一方、史人の右手に対座している真澄美はぽっちゃりした丸顔で、色白で肌理（きめ）細かな肉体はティアドロップ形の乳房とともにいかにも脂の乗った印象を与え、四十路の熟女といった雰囲気を濃厚に醸し出していた。

もっとも、絵理菜も真澄美も乳房を容赦なく鞭で打たれるのだから、それらの持ちものを自慢する気にもなれなかったであろう。

「真澄美！」

「はひ……」

「おまえたちの息子は互いにライバルか」

「らひばるでふ（ライバルです）」

「おまえたち本人同士もライバルか」

「……」

「絵理菜！　おまえは真澄美よりも私に気に入られたいか」

「ひゃ、ひゃい（は、はい）！」

「真澄美、おまえは？」

「き、きにひられひゃいです（き、気に入られたいです）！」

「フフフ、やはりおまえたちもライバルだな。うかうかしていると、ライバルに私のペニスを独占されて、指を咥えて見ているなんてことになるぞ」

「あうっ……」

「ううっ……」

史人に意地悪く言われると、奴隷夫人たちは哀しげに呻きを込みあげさせた。息子の退学処分を免れるためには、何としても史人の歓心を買わなければならなかったのだ。

「私に気に入られるためには、どう振る舞ったらよいのか」

「？」

「……」

「わからないのか。摩耶、おまえは知っているな」

「知っていますよ。旦那さまに気に入られるには、お仕置きをされればされるほど、おつゆのあふれてくるマゾ奴隷になることです。ただし、言っておきますけど、私は違いますからね」

「こらっ！　よけいなことを言うんじゃない」

そばで聞いていた麗子が慌てて摩耶を叱りつけた。しかし、だれに対しても物怖じせずに口をきく少女のことを、彼女も史人も本気で憎んではいなかった。

「二人とも、わかったわね！　摩耶の言ったように、理事長さまに気に入られたいのなら、お仕置きに興奮してよがり泣きをしたり、おつゆを垂れこぼしたりするマゾ奴隷になることよ。理事長さまがもっと虐めたくなるほど可愛気のあるマゾ奴隷におなり」

「フフフ……ほらっ、真澄美！　涎がこぼれてきたぞ」

「あわっ！」

――ピチィーン！

「ひゃわーん！」

真澄美は史人の指摘にはっと狼狽えたが、史人は顎から垂れた透明な粘液を短鞭で搦め取り、間髪を入れずにふくよかな乳房をしたたかに打ち懲らした。

「絵理菜！　おまえもだ」

――ピチィーン！

「ひゃひーっ！」

真澄美とほぼ同時に絵理菜も涎をこぼしはじめ、残虐な鞭を乳房の急所に浴びた。

ボールギャグをはめられて口を閉ざすことが不可能になった奴隷たちは、口にたまった唾液を嚥下することが困難で、油断しているとすぐに唇からあふれさせてしまうのだった。

「淫乱マゾの熟女は好みだが、はしたなく涎をこぼす下品な女は好みではないぞ」

「聞いただろう、絵理菜！　真澄美！　正座をしている最中なのに、涎なんかこぼしてみっともないと思わないの」

「あうっ……」

「あっ、あひっ……」

史人につづく麗子の意地悪な問いに、絵理菜と真澄美は顔を真っ赤にして羞じらった。

ふだんは良妻賢母として振る舞っている彼女たちが、素っ裸で正座をさせられたうえに、開けっ放しの口からたらたらと涎を垂れこぼしているのである。みっともないと思わないはずがなかった。

しかし、いくらみっともなくても、ボールギャグの小穴から涎があふれ出るのを防ぐことは不可能であった。

あふれた涎は唇から顎を伝わり、粘液の透明な糸を引いて太股に垂れ落ちたり、途中で乳房や鳩尾、臍などにこぼれかかったりする。

――ピチィーン！

「あひゃーっ！」

――ピチィーン！

「ひゃわーっ！」

史人の操る短鞭は涎を空中で搦め取ったり、肌の上から掬い取ったりして革に水分を染み込ませ、湿気と重みを増していった。そのような鞭で打たれればどのような衝撃と痛みを感じるかは、犠牲者本人が一番よく知っているだろう。

――ピチィーン！

「ひゃいーっ！」

――ピチィーン！

「ひゃあーん！」

濡れた鞭はいっそう衝撃力を増して哀れな罪人たちに襲いかかり、それぞれ自慢のパーツである乳房をぶらぶらと左右に揺らした。彼女たちは右、左と打ち分けられる鞭の痛みに泣き悶え、今にも正座の姿勢を崩してしまいそうなほど体をブルブルと震わせた。

「摩耶！　鞭で奴隷たちの股をしごいておやり。どれだけ濡れたか調べるのよ」

麗子は革の乗馬鞭を摩耶に渡した。摩耶は奴隷夫人たちの背後にいるので、正座している彼女たちの尻の側から鞭を挿し込めば、デルタの側へ容易に抜けさせることができるのだ。

「従順しくしているのよ。検査だからね」

摩耶はちょっとわくわくしながら、わざと厳しい声を出した。彼女の母親である梨華とほぼ同世代の奴隷夫人たちを虐めることに悪魔的な悦びを感じたのである。

「まず絵理菜からよ」

奴隷夫人たちは史人に顔を向けて正座しているので、テーブルの反対側にいる摩耶に背中を向けていた。それで、鞭を手にした少女は予告のために後ろから声をかけてやったのである。もっとも、十六の少女が高飛車な口調で四十路の熟女を呼び捨てにするのはあまりにも倒錯的で、声をかけられた絵理菜は口惜しさと屈辱感を覚えたことだろう。

「……あっ、ひひゃっ！　いひゃーいっ（痛あーいっ）！」

だが、口惜しがっている暇はなかった。左右の足の隙間から双臀の谷底に向かって挿し込まれた乗馬鞭はその先にある肉裂を革ヘラやシャフトの先端部でしごきあげ、媚肉の粘膜に強烈な痛みを覚えさせたのである。

「ひいっ！　ゆるしひぇえ（許してぇ）！」

「従順(おとな)しくしなさい。動いちゃだめよ」

摩耶は厳しく命じると、シャフトを執拗に動かしてラビアの内側をえぐり、そこにたまった蜜を搦め取った。

「……まあ、いやらしいわね！」

ようやく鞭を抜き取った摩耶は、それを高々とかざしてわざと呆れたように言った。

「ほら、見てください、旦那さま、麗子さん！　この奴隷夫人はこんなにいっぱい濡らしていますよ」

「フフフ、そのようだな」

「やるわね、摩耶」

史人は鞭の濡れ具合を見てニヤリと笑い、麗子は摩耶の仕事っぷりに満足そうにうなずいた。

「つぎは真澄美よ」

褒められて気をよくした摩耶は真澄美の後ろに移動すると、再び乗馬鞭を尻の側から股間に挿し込んだ。そして、シャフトの中間部をラビアに押しつけてえぐるようにしごいた。

「ひゃひゅっ！　ひゃひいっ！」

少女の操る革鞭に性器をこすりあげられ、真澄美は被虐の叫びをほとばしらせた。もっとも彼女は絵理菜同様ボールギャグを咥えさせられているので、意味のある言葉を発することはできなかったが。

「ほら、こっちの奴隷夫人もマゾの資格じゅうぶんね」

抜き取った乗馬鞭のシャフトには新たな蜜液がべっとりとついていた。摩耶は絵理菜と比較するために、なるべくシャフトの中間部で真澄美の性器をこすったのである。

「なるほど。これで二人とも虐められ好きのマゾ夫人だということが証明されたな……摩耶、鞭を手にした気分はどうだ」

「なんか、ドキドキしちゃいます。女王さまになったような気がして」

「鞭を持っているだけで、まだ打ったことがないだろう。打ちたいか」

「あ、あの……」

「おまえに性器を検査された真澄美と絵理菜は表向きビクビクしているが、心の中ではこんな生意気娘にぺこぺこするなんて冗談じゃないと思っているぞ」

史人は言葉巧みにけしかけて、摩耶の心にあるサディスティックな情欲を目覚めさせた。

「奴隷夫人たちが心からおまえを恐れるように、その鞭を使って仕置きをしてやったらどうだ」

「ほ、本当？　いいんですか」

「フフフ、女王さまデビューだ。やってみろ」

「！……」

摩耶は史人の許可を聞くと、大きく深呼吸をした。そして、手にした鞭をあらためて握りしめ、無防備な裸体を晒している奴隷夫人たちに目をやった。

第六章　オナニー競演とダブル女体盛り

1

〝女王さまデビュー〟を果たすことになった摩耶は、仕置きを始める前に奴隷夫人たちのポーズを変えさせた。もちろん、彼女の独断ではなく、史人（ふみと）と麗子の指示によるものである。

だが、摩耶も持ち前の積極的な性格から、小悪魔的なサディストへの道を歩みはじめていた。

少女は二人の口からボールギャグを外してやると、正座から四つん這いへと体位を変更させた。

「真澄美は旦那さまに顔を向けて、絵理菜はお尻を向けなさい」

にわか女王さまながら、素質じゅうぶんの摩耶は凜(りん)とした声で奴隷夫人たちに命令した。

「お情けでボールギャグを外して口をきけるようにしてあげたのは、旦那さまに向かってお許し乞いをするためよ。もっとも、許されるかどうかはわからないけどね」

摩耶の立っている位置は史人とはテーブルを挟んで反対側であった。それで、史人に顔を向けた真澄美は摩耶に尻を差し出し、彼女のほうを向いた絵理菜は史人に尻を向けるという関係になった。

「……ほらね。さっきは鞭を挿し込んで調べたけれど、こうやって四つん這いにさせてから指で調べると、おつゆがあふれているのがよくわかるわ」

摩耶は真澄美の秘部に指を触れてその部分の状態を確認すると、意地の悪い口調で言った。彼女の言うとおり、真澄美は仕置きに興奮して性器をとっぷり濡らしていたのだ。

「今度は口からじゃなくて、こっちの割れ目からおつゆをこぼすんじゃないのよ」

「……」

真澄美は口惜しさに唇を噛んだ。まだ尻の青い十六の少女に高飛車に口をきかれてもひと言も言い返すことができないのだ。しかも、彼女は実際に摩耶から仕置きを受けなければならない。いくら口惜しくても、それ以上に恐怖が大きかった。

「絵理菜、鞭をお舐め」

摩耶は顔をこちらに向けている絵理菜の唇に乗馬鞭の革ヘラを押しつけた。ヘラを唾液で濡らしてから鞭を打つと痛みが増すことを、史人の行なう短鞭仕置きを見て知っていたのである。

「……」

絵理菜も摩耶に逆らうことはできなかった。彼女は仕方なく乗馬鞭の革ヘラを舐め、唾液を染み込ませた。

「ほら、真澄美」

――ピシーン！

「ひゃーん！」

湿り気を帯びた革鞭が一閃し、真澄美の尻をしたたかに打ち懲らした。

「お尻が真っ赤に腫れあがるまでお仕置きよ。お猿さんのおケツのようにしてやるから」

摩耶は偉そうに予告したが、そばで聞いている史人と麗子はひそかに笑いを噛み殺した。というのは、彼女自身が翔吾に受けたスパチュラ打擲ですでに尻を赤く腫れあがらせている。彼らはそのことを知っていたからである。

もっとも打たれる当の本人は裏の事情など知らないので、鞭を手にした少女の予告を聞くと、いっそうビクビクと怯えるのであった。

「絵理菜、お舐め」

摩耶は革ヘラをもう一度絵理菜に舐めさせた。

「そらっ、二発目よ！」

——ピチィーン！

「ひゃうーっ！　理事長さま、お許しくださぁい！」

真澄美はたまらず史人に向かって泣きを入れた。打っている本人の摩耶に許し乞いをするのは口惜しいし、また目の前の史人が真の支配者であるということを知っていたからである。

「だれに向かって言っているんだ」

「理事長さまに向かってお願いしています。理事長さま、どうかお許しください」

「打っているのは摩耶だ。摩耶にお願いしろ。私の代理で打っているんだから、ちゃんと『摩耶さま』と言って許し乞いをするんだ」

「あうっ、摩耶さま！　どうかお許しください」

真澄美は仕方なく、後ろの生意気な小娘に向かって卑屈に許し乞いをした。

「あん、気持ちいい、摩耶さまだなんて！　うちの憎たらしい母親にもそう言わせてやりたいわ」

摩耶は「さま」付けで呼ばれて大いに気をよくした。しかし、サディスティックな情欲に目覚めた彼女は許すつもりなど毛頭なかった。

「おまえはマゾの奴隷夫人なんだから、たった二発打たれただけで『お許しください』はないでしょう。打たれるたびにマゾ泣きをしたり、奴隷の誓いをしたりして旦那さまを悦ばせるのよ……ほらっ！」

――ピシーン！

「おひーん！　お尻が灼けますぅ！」

「口がきけるようになったのだから、口で誓いをしなさい」

「お愉しみいただきます！　奴隷真澄美は、理事長さまにお愉しみいただきます」

「どうやって愉しんでいただくの？」

「あの、フェラチオしたり……」

「フェラチオ？　お上品ぶっちゃだめよ」

――ピシーン！

「うひーん！」

「奴隷夫人に相応しい言葉を使いなさい」

「お、オチ×チンを……理事長さまのオチ×チンを舐めて、お愉しみいただきます」

「それから？」

「理事長さまにセックスをしていただきます」

「お上品ぶるんじゃない、と言っているでしょう？」

――ピシーン！

「ひいっ、ハメていただきます！　理事長さまにいつもの太いオチ×チンをハメていただいて、ヒイヒイとよがり泣きをしますぅ！」

「おや、どうして旦那さまのオチ×チンが太いってことを知っているの」

「お仕置きを受けるのは初めてじゃないからです」

「フフフ、真澄美も絵理菜も何度か奴隷夫人として私に仕えているのだ」

「デキの悪い息子を持つと、大変なのよ。中等部から高等部への進級試験で引っかかって、理事長さまにおすがりしたのが最初ってわけ。絵理菜、おまえもそうだったわね」

「はい。真澄美さんといっしょにこのお屋敷に出頭し、奴隷のお務めをいたしました」

麗子に問われると、絵理菜も真澄美と同じように返事をした。

「それ以来、真澄美と絵理菜はいっしょに私に仕えることになったのだ。息子同士が同級生なので、母親同士もいっしょに仕置きを受けさせ、奴隷夫人としてのライバル意識を高めさせているのだ」

「息子たちは母親に感謝すべきですわね。二人が美人で理事長さま好みでなければ、とっくに退学になっていたのですから」

「フフフ、自分たちの首の皮が繋がっているのは、母親のいじらしい枕営業のおかげなのに、ボンクラ息子どもはそんなこともわかっていない」

「それならここに呼ぶときに、息子も同伴させればいいじゃないですか。旦那さまが二人をお仕置きしているときに、私が別室で彼らにこんこんと言い聞かせてやりますよ」

「何を言い聞かせるんだ」

「それはもちろん、お母さんたちがどれだけ苦労しているかってことですわ。ちょっとでも感謝する気持ちがあるなら、君たちもズボンを脱いで私にオチ×チンをいじらせなさいって」

「プッ！　バカじゃないの」

それまであきれ顔で聞いていた麗子は思わず吹き出した。つづいて、史人も。

「おまえは想像を絶するバカだ。もとのマゾメイドに降格してやるか」

「あ、だめですよ。せっかく女王さまに慣れてきたのですから」

摩耶は慌てて鞭を握りなおし、奴隷夫人たちに向かって命令した。

「絵理菜！　体の向きを変えて、私にお尻を向けなさい。真澄美は旦那さまにお尻を向けるのよ」

摩耶の指図によって、真澄美と絵理菜は四つん這いのまま体を百八十度回転させた。それまで摩耶に顔を向けていた絵理菜は反対向きになって、少女の鞭に尻を差し出すことになったのだ。

一方、真澄美は鞭の打擲から解放された代わりに、赤剝けの尻を史人に観察されなければならなかった。

「真澄美！　ヒリヒリする？」

「ううっ、とても……」

真澄美は摩耶の問いに呻くような声で返事をした。実際、彼女は何発もの鞭を臀丘に叩き込まれて、肌理細かな柔肌を赤く腫らしているのだった。

「旦那さまに言って慰めてもらったら」

「……」

「もっとも、慰めてくれるかどうかは、おまえがお行儀よくすることができたかどうかによるわね。上の口から涎をこぼしたように、下の口からおつゆをこぼしたんじゃないの」

「あわっ！……」

「フフフ、どれ……」

摩耶の台詞に呼応するように、史人は身を乗り出して真澄美の秘部に目を凝らした。もっとも、目を凝らすまでもなく、その部分がどうなっているかは明るいシャンデリアの下で一目瞭然であった。

「摩耶にこっぴどく仕置きをされてケツは真っ赤だが、性器とアヌスは無傷だな」

史人はニヤニヤ笑って言った。

「摩耶、なかなか気がきくじゃないか。おいしいところを私に残しておいてくれたんだろう」

「えっ？　ええ、まあ……」

摩耶は曖昧に返事をした。気をきかせたというより、白い肌を赤く腫れあがらせることに夢中になって、それらの箇所まで気が回らなかったのである。

「ヌルヌルした蜜液があふれ出して、いやらしさ満点だぞ」

「あうっ……」

「つまり、行儀よくすることができないで、マゾづゆこぼしの粗相をやらかしたというわけだ」

「お、お許しください」

「ほら、もっと膝を離して股を拡げろ」

史人は短鞭を手にすると意地悪く命令した。

――ピチィーン！

「ひゃひーっ！　ラビアが灼けますぅ！」

史人の放った短鞭は四つん這いのポーズをする真澄美の真後ろから性器の媚肉を捉え、飛びあがらんばかりの痛みを覚えさせた。

「さて、慰めてやるぞ」

史人は急所の粘膜に強烈な痛みを与えておいてから、その箇所へ舌を差し伸ばしてペロペロと舐めはじめた。

「うむ、む……」

「ひっ、ひっ！　あっ、あいっ……」

打たれた箇所が沁みるのか、真澄美はしばらく苦しそうな喘ぎを込み上あげさせていたが、やがてヌラヌラした舌の触感に癒されて悦楽の喘ぎを洩らしはじめた。

「む、ぺろ」

「あん、あぁん！」

しかし、史人は頃合いを見計らって性器から舌を離し、再び短鞭をふるった。

――ピチィーン！

「ひゃあーん！　お尻の穴がピリピリしますぅ！」

ラビアに次いで急所のアヌスを打たれ、真澄美は灼けるような痛みに泣き悶えた。テーブルの上で四つん這いになり、史人に尻を向けた彼女は双臀の谷底に連なる性器やアヌスなどの急所をまったく無防備にさらけ出していたのである。

「フフフ、仕置きのあとで慰められると、いっそう快楽を味わうことができるだろう……あむ、む……ぺろ」

「ひぃーっ、沁みるぅ！……ああっ、あーっ！」

性器同様アヌスも史人の舌にクンニされ、真澄美は苦痛と快楽の狭間で泣き悶えた。

彼女は摩耶の仕置きを受けたあと、史人によってその仕上げをされているのであった。

2

摩耶は絵理菜に対しても女王さまの威厳を存分に思い知らせた。

彼女は真澄美に代わって絵理菜に四つん這いの尻を向けさせ、真澄美同様尻が赤剝けになるほど鞭を打ち込んだ。その頃になると摩耶は鞭の使い方もかなり上達して、焦らしたり怯えさせたりするために間合いを取ったり、強弱のリズムをつけて打ったりして、犠牲者である奴隷夫人にマゾの興奮を与え、また彼女自身への畏怖を覚えさせることに成功した。

そして、絵理菜も剝き出しの尻を痛々しく腫れあがらせたあと真澄美と同じように史人に尻を向け、短鞭と性器・アナルクンニによって仕置きの仕上げをされるのであった。

いわば、摩耶がまいた種を史人が育てるという形で奴隷夫人たちへの仕置きが行なわれたのである。そのことについて史人は口にこそ出さないものの、ＳＭプレイに対する摩耶の適応力の高さに感心することしきりだった。

「さあ、今度は私が摩耶に代わっておまえたちをマゾ奴隷に仕込んでやるわ」

摩耶が鞭をふるって女王さまの気分を味わっているあいだに、麗子はつぎの仕置きの用意を整えていた。

「これでオナニーをさせてあげるわ」

麗子が持ち出してきたのは二本の巨大なディルドウであった。ピンク色をした樹脂製のもので、大きく膨れた亀頭と何段ものくびれを有する胴部を合わせた全長は四十センチ以上あった。根もとには吸盤が付属していて、それをテーブル押しつけるとぴたりと張りついてディルドウを垂直に聳えさせることができる。

麗子は一メートルほどの間隔を取って二本をテーブルに立て、真澄美と絵理菜にそれぞれのディルドウをまたがせた。

ついで麗子は摩耶にも手伝わせて彼女たちに革手錠をはめ、背中で左右合わせに繋いだ。

さらに鎖のリードを首輪のうなじ側に繋ぎ、摩耶が絵理菜、麗子が真澄美というようにそれぞれ分担して奴隷夫人たちの肉体を支配した。

「摩耶、これを使うのよ」

「何ですか、これは」

摩耶は麗子から液晶画面付きの小さな計器を渡されたが、それが何だかわからず訊き返した。

「計数器よ。ボタンを押して数をカウントしていくの」

「あっ、わかった！　ピストン運動の回数を計るのね」

察しのよい摩耶は麗子の言葉を聞いてすぐにピンときた。ヴァギナにディルドウを咥え込んだ真澄美と絵理菜に上下動をさせて、その回数を競わせるのだ。計数器はカウントを記録するための道具であった。

「二人とも腰を落としてディルドウに割れ目をあてがい、股を大きく開きなさい」

麗子は奴隷夫人たちに向かって命令した。真澄美と絵理菜はテーブルの上で史人に向き合っている。彼女たちは性器とディルドウの接合部を彼に観察してもらうために〝く〟の字に曲げた膝を左右に開いているのである。

「フフフ、おまえたちの息子が母親のこんな姿を見たら、さぞかし感謝することだろう。自分たちの尻拭いをするために、必死の思いで私のご機嫌取りをしているのだから」

史人は絵理菜と真澄美を交互に見あげ、ニヤニヤ笑った。テーブルに載った二人の奴隷夫人は彼の目の前で脚を菱形に曲げ、垂直に聳えるディルドウの亀頭にラビアを触れさせている。史人の指摘したとおり、彼女たちは成績不振の息子を取りなしてもらうために、奴隷夫人として彼に仕えているのであった。

「だから、私が言ったじゃないですか、息子もいっしょに来させるべきだと。母親のお仕置きを見学させたあと、私がオチ×チンをみっちりしごいてやりますよ」

「この娘ったら、またくだらないことを言って！」

「麗子さんは坊やのフレッシュなオチ×チンを味わいたくないんですか。ちょうど二人いるから、一本ずつ山分けにできるじゃないですか」

摩耶は麗子に叱られてもいっこうにへこたれなかった。反対に彼女は自分の思いつきを麗子に向かって熱心に説いた。

「麗子さんのむちむちの肉体を見たら、坊やたちのオチ×チンはフライパンの上で弾ける寸前のウインナーのようにビンビンになってしまいますよ。それを二人で手分けしてしごいて、精液をビュッと空中に飛ばしてやるんですよ」

「呆れた娘だ。だが、息子に仕置きを見学させるというのは一つのアイデアだな。どうだ、真澄美」

「うひいっ、お許しください！　こんな姿を祐介に見られたら、死んでしまいます」

「理事長さま！　どうか陽斗をここへ来させないでください。母親の私がどんなことでもいたしますから、息子に恥ずかしい姿を見させないでください」

真澄美と絵理菜は口々に哀願した。摩耶の提案は冗談であるにしろ、彼女たちの心に極限的な恐怖を惹き起こしたのだ。

「フフフ、それなら、今夜私を満足させるようにしっかり奉仕をするんだ」

「さあ、準備はいい？　もうちょっと腰を落として、亀頭を咥え込むようにしなさい」

麗子は二人に命じて、ディルドウの先端がラビアを割って膣口に入り込むまで腰を沈めさせた。

「何をするのかわかっているわね。ディルドウを性器に咥え込んだままスクワットをしてその回数を競うのよ。つまり、オナニー競争ってわけ」

「こんなありがたいお仕置きってないでしょう。しっかりオナニーに励んで、いやしいよがり顔やマゾ泣きの声を旦那さまに愉しんでもらうのよ」

麗子につづいて、摩耶が恩着せがましく言い聞かせた。

麗子と摩耶はリードの鎖を持って後ろに立っているので、テーブルの上の奴隷夫人たちは史人に顔を向けている。ゲームが始まればその顔に悦楽……いや、悦虐の表情が浮かび、口からマゾよがりの泣き声がほとばしるのは必至であった。

「一回ごとに膝の裏がぴたっとついてヘアピンのようになるまで曲げるのよ。そうしないとカウントしないからね」

麗子はゲームを始める前に厳しく注意を与えた。

「よーい……開始！」

「わひゃっ！」

「あわっ！」

麗子は口で合図をするだけでなく、真澄美のうなじに繋いだリードを下向きに思いきり引っ張った。彼女の隣で摩耶も絵理菜に対して同じことを行なったので、奴隷夫人たちは勢いよくしゃがみ込まなければならず、二人は同時にディルドウに深々とヴァギナを貫かれた。

「ひゃあっー！」

「うひゃーん！」

彼女たちの性器はそれまでの仕置きによってヌルヌルした蜜液にまみれているのでスムーズに腰を沈めることができたが、ゴツゴツした太い胴部に膣襞をこすられる被虐感はそうとうなものであった。それで、完全にしゃがみ込んで子宮が亀頭に突きあげられた途端、真澄美も絵理菜も大食堂中に響く甲高い悲鳴をあげた。

だが、衝撃は一回だけでは終わらなかった。

「ほら、絵理菜！」

「うひっ、ひっ！……うひゃーん！」

「真澄美、負けるんじゃない」

「ひゃっ、ひゃいっ！……あひいーん！」

首輪のリードを操る手によって、奴隷夫人たちは尻を浮かせたり沈めたりの動作を繰り返し強いられた。そのたびにディルドウと膣の粘膜はこすれ合い、マゾの奴隷夫人たちに悦虐の感覚を覚えさせた。

「よし、ストップ！」

麗子は奴隷夫人たちに何回か上下動を繰り返させると、いったん停止を命じた。

「摩耶、カウントした？」

「しました。八回です」

「うん、同じね」

麗子は手もとの計数器を覗き込んで言った、奴隷夫人たちの動きを見ながらボタンを押し込むごとに、数値が加算されていくのであった。

「さあ、これからは私たちの助けを借りないで、自分でやるのよ」

麗子と摩耶は手に握ったリードを緩めた。リードによって強制されない代わりに自主的に動かなければならないのである。

「開始！」

「あうっ、うひっ！」

「ひゃっ、あひゃっ！」

合図を聞くと、奴隷夫人たちは喘ぎや悲鳴を込み上げさせながら被虐的なスクワット運動を再開した。

だが、むしろ彼女たちにとってはリードに操られた運動のほうがやりやすかったであろう。なぜなら強制的にやらされる運動なら計数器の結果が示すように差がつかないが、自主的な運動となるとどうしても個人差が出てくる。自分の行なうスクワットの回数が相手に勝っていればいいが、もし及ばないとなると残忍な支配者からどのような目に遭わされるかわからなかった。

それで、真澄美と絵理菜は隣同士互いにチラチラと視線をやりながら、恐怖に駆られて必死に膝を屈伸させた。

「あん、あいーん！」

「あひゃひゃ……あひゃーっ！」

彼女たちは髪を振り乱し、乳房を揺らしながらスクワットを懸命に繰り返した。ぽっちゃりした体型の真澄美は下膨れのティアドロップ型の乳房をしているのに対し、スレンダーな絵理菜はやや縦形で中膨れの乳房をしている。彼女たちが上下に動くにつれて乳房もそれぞれぶるんぶるんと揺れ動き、うっすら汗の滲んだ肉塊をいっそう蠱惑的に見せた。

しかし、観察者である史人の目を惹きつけたのは、なんといっても彼のすぐ間近でご開帳されている彼女たちの性器であった。

史人はテーブルを前にして椅子に座っているが、真澄美と絵理菜はそのテーブルの上にしゃがみ込み、股を観音開きにしているのだ。

ヌラヌラと淫蜜にまみれた性器がディルドウに貫かれている光景は真澄美のものも絵理菜のものも生々しい迫力に満ち、そこから漂ってくる卑猥な匂いとともに史人の官能を刺激せずにはおかなかった。

「フフフ、いやらしさ満点の眺めだな」

史人は奴隷夫人たちの性器を交互に見やりながらニヤニヤと笑った。

「絵理菜、どんな気分だ」

「あひっ、あいーん！　理事長さまに見られて恥ずかしいです……あ、あん！　興奮

します ぅ」

「真澄美、おまえは？」

「あん、ああーん！　粘膜がこすれてゾクゾクします……ひゃひっ、たまりませぇーん！」

奴隷夫人たちは口々に異常なプレイに対する快楽を訴えた。

大股開きの格好で中腰になったりしゃがんだりして膣の粘膜をディルドウにこすり合わせる恥ずかしさは言葉に尽くせなかったが、そこからもたらされる刺激と快感はなにものにも代えがたかった。

「あひ、あひ、あひいーっ！」

「あおうっ……あいっ、あーん！」

奴隷夫人たちはスクワットの回数を競うゲームを強いられているので、最初のうちは相手の動きを気にしていた。しかし、ディルドウに何度も粘膜をこすられているうちに、淫らな情感に嵌まり込み、ゲームのことなどすっかり忘れてしまった。

「あん、あん……ああーん、感じるぅ！」

「ひゃひっ、こすれる！……ひいっ、いいーん！」

全裸熟女たちのあげる甲高い悲鳴が大食堂に響き渡った。

二人の奴隷夫人は忘我の境地でスクワットを繰り返し、ゴツゴツと節くれ立ったディルドウからもたらされる被虐的な快感を貪り味わうのであった。

3

「どれ、オナニーの快楽にマゾの悦虐感をつけ加えてやろう」

史人は再び短鞭を手に取った。奴隷夫人たちのよがり狂うさまを見ているうちにサディスティックな興趣が昂ってきて、手を出さずにはいられなくなったのである。

「まず真澄美だ」

——ピチィーン！

「ひゃいーん！」

史人のふるった鞭は剥き出しの性器を勢いよく弾き、急所の媚肉に痛烈な痛みをもたらした。両膝を観音開きにした格好では、性器を鞭から庇う術はなかったのだ。

真澄美はひときわ大きな悲鳴をあげ、クリトリスにじーんと沁み入る痛みから逃れようとして以前にもまして激しく体を上下させた。

「ひん、ひん、ひぃーん！」

激しく動けば動くほどディルドウと膣壁との接触はきつくなる。まさしく史人の言ったとおり、鞭を打たれたおかげでオナニーの快感とマゾの悦虐感を同時に得ることができたのである。

「ほら、もう一発！」

——ピチィーン！

「ひゃうーっ！ ひーん、おひーん！」

同じ急所に残忍な鞭を連続して浴び、真澄美は断末魔の叫びにも似た悲鳴を大食堂中に響かせた。その悲鳴は厨房にいる翔吾の耳にも届いたことだろう。

「あひ、ひーん！ ああっ、もう死ぬうっ……」

何度も上下動を繰り返してようやく痛みの余韻から脱した真澄美は、豊満な肉体をわなわな震わせながら掠れた声で仕置きのつらさを訴えた。しかし、いっそう潤いを増してラビアの隙間からこぼれる淫蜜は、苦痛の中に快楽の源泉があることを如実に物語っていた。

「今度は絵理菜だ。そらっ！」

——ピチィーン！

「ひゃいーん！ 灼けますぅ！」

絵理菜も性器をまともに打ち弾かれ、飛びあがるような痛みに体を激しく上下させた。スレンダーなボディと対比して乳房の大きさが目立つ彼女は、双つの肉塊をぶるんぶるんと揺らしながら何度も腰を沈めて子宮をディルドウの突きあげに晒し、真澄美に勝るとも劣らぬ悲鳴を大食堂中に響き渡らせた。

——ピチィーン！

「ひゃあーん！　ひっ、ひっ、ピリピリするぅ！」

二発目の打擲はマゾの奴隷夫人に決定的な衝撃を与えた。絵理菜は狂ったようにスクワットを繰り返し、膣や子宮の粘膜とディルドウとを激しくこすり合わせた。その途端に快楽が弾け、彼女は理性を見失ってしまった。

「ひっ、ひっ……あひひっ、あぁっ……あひゃ？　イ、イクウッ……あひー、あーん！　イクウーッ！」

快楽の連鎖爆発がいったん始まると、もうあとに戻ることができなかった。絵理菜はブルブルと裸体を痙攣させながら絶頂へ向かって昇り詰め、目もくらむようなアクメの境地に達した。

「摩耶、体を支えておやり」

「は、はい！」

絵理菜のリードを持って彼女の後ろに立っていた摩耶は、麗子に命じられるとはっと我に返ってうなじを手で支えてやった。絵理菜は絶頂に達したあと、それ以上スクワットをつづけることができず、その場に崩れ落ちようとした。摩耶は息を呑んで奴隷夫人が絶頂に達する様子を見ていたが、麗子の声によって自分の役割を思い出したのである。

「カウントは？」

「あっ、はい！……すごーい！　三十五です」

摩耶の手にした計数器の液晶画面は「００３５」を示していた。摩耶はその数字を見て感心することしきりだった。スクワットを三十五回やること自体大変な運動量で肉体的負担が大きいのに、絵理菜はヴァギナの粘膜をディルドウとこすり合わせながら行ない、なおかつ絶頂に達したのである。

「ああっ、だめ！　もう膝がガクガクで動けません」

今度は絵理菜の隣で真澄美が音をあげた。彼女は絵理菜がアクメに達したあとも一人でスクワットをつづけていたのである。

「うん、こっちは四十二回ね。おまえもがんばったじゃない」

麗子は真澄美の体を支えてやると、計数器の画面を確認して彼女をねぎらった。

「さて、どちらを勝ちとしますか。回数は真澄美のほうが多いけれど、絵理菜は絶頂声とイき顔で理事長さまを愉しませたようですし……」

「うん、引き分けでよかろう。ライバル同士健闘したというところだ」

史人は鷹揚に返事をした。

「それよりも、腹が減ったぞ。仕置きの最中何も料理が出てこなかったからな」

「料理が出てこなかったのは、摩耶がここでお仕置きに参加していたからですわ。摩耶！　厨房に行って料理を取っておいで」

「はい。すぐに行ってきます」

摩耶が厨房に行ってみると、カウンターの上には十品以上の料理がずらりと並べられていた。

「へへへ、旦那ときたら、奴隷夫人たちの色気に迷って、飯を食うのも忘れてしまったようだな。刺身のように最初から冷たい料理はいいが、温かい料理がすっかり冷めてしまったぜ」

翔吾は摩耶の姿を見ると、ニヤニヤして言った。

「そりゃあ、だって、奴隷夫人たちを虐めるのって、愉しいもの。二人とも、息子のために必死なのよ」

「ここまで悲鳴や泣き声が聞こえてくるぜ。ネエちゃんも大活躍だったようだな」

「エヘへ、彼女たちのお尻をお猿さんのように赤く腫れあがらせてやったわ……でも、もとはと言えば、翔吾さんが悪いのよ。翔吾さんにやられたことを、私が彼女たちに仕返ししてやったの」

「ヒヒヒ、江戸の敵を長崎で討ったたってわけだな。ネエちゃんに八つ当たりをされて、二人ともえらい災難だっただろう」

「鞭を打つのって、快感ね……あん！　私、サドの女王さまに目覚めてしまったわ」

「そうはいっても、おいらや旦那にかかっては、マゾメイドに戻ってヒイヒイとよがり泣きをするんだろう。今夜、仕事が終わったらおいらの部屋にくるか、それともおいらがスパチュラ持参でネエちゃんの部屋に行ってやろうか」

「どちらもお断りよ……それより、こんなにたくさん持っていけないわ」

「そこのワゴンに載っけていくんだ」

翔吾は従業員食堂の片隅に置かれたワゴンを指した。

「持っていっても並べきれないわ。テーブルは広いけれど、旦那さまの前には奴隷夫人たちの大きなお尻がでんと二つも乗っているんですから」

「ヒヒヒ、いいことを教えてやろう。おいらの言うとおりにすれば、ネエちゃんもまた活躍できるぜ」

「えっ、なあに？　私が活躍できるって……」

「それはな……」

翔吾は摩耶の耳もとに口を寄せて或ることを教えてやった。摩耶はそれを聞くとうなずいて、料理の皿をすべてワゴンに乗せて大食堂に運んでいった。

「お待たせしました」

「あら、いっぺんに運んできたの？　そんなにいっぱいはテーブルの上に載せられないわよ」

「お任せください。きっと旦那さまに悦んでもらいますから」

摩耶は自信たっぷりに返事をすると、二人の奴隷夫人に向かって目上の言葉遣いで指図した。

「おまえたち！　旦那さまの両側に腰を下ろすのよ。最初と同じように、真澄美が右側で、絵理菜が左側。正座をする代わりに胡座(あぐら)をかきなさい。股を大きく割って胡座をかいたら、そのまま仰向けになって背中をテーブルにつけるのよ」

真澄美と絵理菜はすでにディルドウを抜かれ、革手錠も外されていた。それで、彼女たちは少女の命令どおりテーブルの端で胡座をかき、股間を大きく開いたまま体を後ろに倒して仰向けの姿勢になった。

　すると、少女は取り箸を手にして厳かに言った。

「今から女体盛りをするから、料理が落ちないようにじっとしていなさい」

「あら、この子ったら、面白いことを考えるわね」

「フフフ、なかなか気がきくじゃないか」

　摩耶は翔吾に教えられたことをちゃっかり自分の手柄にしたが、何も知らない麗子と史人は感心したように声を出した。

　そこで、摩耶は刺身を盛り合わせた大皿をワゴンから取りあげ、知ったかぶりに言った。

「まず、お刺身よ。生ものだから、生ものに相応しい場所に置くわね」

　摩耶は刺身を種類ごとに取り分けて真澄美と絵理菜の性器の周りに並べていった。

マグロ、イカ、ハマチは真澄美の上に、キンメダイ、カツオ、イサキは絵理菜の上に……つまり、摩耶の感覚では、生ものを置くのに相応しい場所は、艶めかしいもののある場所だったのである。

　さらに、彼女はワゴンの上の料理をつぎからつぎへと奴隷夫人たちの生肌の上に置いていった。

「ローストビーフは真澄美のおっぱい」

「ヒレカツは絵理菜のおっぱい」

「エビフライのタルタルソースかけは真澄美の臍の上」

「ポテトサラダは絵理菜の鳩尾」

……というように、摩耶はいちいち予告しながらすべての料理を二人の肉体の上に並べて女体盛りを完成させた。

「どうですか、旦那さま。おいしそうでしょう。箸が届かなければ、私が取って、旦那さまの口に入れて差しあげますよ」

そう言いながら、長い取り箸で真澄美の乳首を挟んだ。

「ひゃっ！」

「ホホホ、女体盛りだから、女体をつままれることも覚悟しておくのね……ほら、絵理菜も！」

「あひーっ！　そんなに引っ張らないでください」

絵理菜も摩耶に意地悪をされたが、被害は彼女のほうが大きかった。絵理菜はラビアの花弁を一センチほどもつまみあげられたのだ。

「摩耶、おまえは奴隷夫人たちを虐めるのがやけに嬉しそうじゃない。熟女嬲りが好きののは何かわけがあるの？」

「えっ？　べ、別に……」

麗子の問いに摩耶は慌てて否定したが、顔には隠し事をしているような表情が浮かんだ。

「何かあるんでしょう。言ってごらん」

「あの、実は……うちの憎たらしい母親がこの人たちと同じくらいの年齢なんです。それで、無性に虐めたくなっちゃうんです」

「おまえは母親が嫌いなのか」

「大嫌いです。だから家出してここでアルバイトすることにしたんです」

「ホホホ、真澄美も絵理菜も摩耶に目をつけられて、ヘビに睨まれたカエルってところね。自分の子供のような娘に虐められるのが怖くてビクビクしているのだから」

「そうなんですよ。私は奴隷夫人たちの息子と同い年で高校一年なんです。だから、デキの悪い息子を甘やかしている母親を見るといらっとして、つい虐めたくなっちゃうんです」

「ずいぶんと偉そうなことを言うが、おまえはデキがよかったのか」

「高校生になってすっかり人生が狂っちゃいましたが、中学生のときはまともだったんですよ。中高一貫の私立校ですが、中等部から高等部にすんなり進学できましたから」

「どこの生徒なんだ」

「横浜聖進学園という学校です」

「聖進？　ほう、たいしたものだ。男子の明渓、女子の聖進と言われているくらいだからな」

史人は摩耶が聖進学園の生徒だと知ると、感嘆の声をあげた。彼は明渓学館の理事長をしているので、同じ県内にある聖進学園のことをよく知っていたのである。

「すごいわね。偏差値七十クラスの進学校じゃない。それなのに、どうして学校に行かなくなったの？」

「母親が淫乱だからです。お父さんが死んで一年しか経っていないのに年下の男を作っちゃって……しかも、図々しいことに、私が同意していないのにその男と再婚しようとしているんです。それで、私は反発して不登校になったんです」

「なるほど。だが、おまえに母親が淫乱だと非難する資格はないぞ。おまえがめちゃくちゃ淫乱な娘だということは、ここにいるだれもが知っているのだから」

「あーん、それは違いますよ！」

　史人にたしなめられると、摩耶は焦れったそうに叫んだ。

「あっちは自分から進んで淫乱になったんです。それにたいして、私は旦那さまや麗子さんにレッスンされて、淫乱に仕込まれたんです。淫乱になりたくて淫乱になったわけではありません」

「でも、結果的に淫乱が性に合っているんでしょう。しかも、ただの淫乱じゃなくて、マゾやサドの悦びまで覚えたじゃない。旦那さまと翔吾に鞭やスパチュラでお尻を叩かれてマゾのおつゆをこぼしたかと思えば、奴隷夫人たちを鞭で打って、サドの女王さま気分を味わっているのだから。彼女たちから『摩耶さま』と呼ばれて大得意になっていたのはだれ？」

「うっ……」

「フフフ、レッスンを受けたおかげで、母親を見返すことができたんだろう。あっというまに母親の淫乱さを超えてしまったんだからな。おまえは被害者のような口ぶりでレッスンを受けたことを言っているが、むしろわれわれに感謝するべきだろう」

「あん、感謝しているから、旦那さまのために奴隷夫人たちを虐めているんですよ」

「自分の快楽のためにもね」

「ええ、まあ……」

「ホホホ、やっと正直になったわね」

麗子は摩耶の返事を聞くと、満足そうに締めくくった。

「ほら、それならもっと旦那さまに愉しんでもらえるように、絵理菜と真澄美を辱(はずかし)めておやり。それがおまえの快楽にも繋がるのだから」

4

「絵理菜！　真澄美！　脚をもっと開いて、いやらしい穴をよく見せなさい」

麗子のお墨付きを得た摩耶は奴隷夫人たちに命じて、胡座を組んだ脚をできるだけ大きく開かせた。彼女たちは仰向けの状態で脚を組んでいるのだった。そのため股間は菱形の頂点にあって大きく割り開かれ、深いクレヴァスを形成するラビアを丸見えにしている。

　性器の周囲には刺身が並べられているが、ヌラリとしたラビアの薄い花弁はそれらと好一対(こういっつい)をなして、いわばもう一つの刺身のような雰囲気を醸し出していた。

　つまり、摩耶が「生ものの刺身は生ものに相応しい場所に」と言って並べたそばには性器の花弁が艶めかしい彩り(いろど)を添えていたのである。

「やはり最初はお刺身ね」

摩耶はそう言いながら真澄美の股間近くに置かれたマグロのトロを箸でつまみ、それをぱっくり開いた性器の中に押し込んだ。

「ひゃわっ！」

真澄美は冷たくてヌルッとした感触の刺身が性器の中に入ってくると、驚きと恐怖にビクッと体を震わせた。

しかし摩耶はいったん入れた刺身をすぐに抜き取って、それを小皿のワサビ醤油に浸してから史人の目の前に差し出した。

「たれとお醤油のついたお刺身よ。どうぞ、旦那さま！　あーんして、お召しあがれ」

「フフフ、ままごとをしているみたいだな。あーん……」

史人は照れくさそうに笑いながら口を大きく開き、摩耶から刺身を食べさせてもらった。

「おいしかったですか」

「おいしかったですかと訊かれても……まあ、うまかったかな」

史人は摩耶のペースに嵌ったことを多少後悔しながらも、上機嫌に返事をした。

「今度はたれとお醬油をつける順番を逆にしてみましょうか」

「わひっ！　堪忍してください！」

摩耶が史人に向かって提案すると、それを聞いた真澄美は恐怖に駆られて悲鳴をあげた。

「ワサビ醬油のついたお刺身を性器の中に入れられたら、粘膜がヒリヒリ沁みてたまりません」

「あら、どうしてヒリヒリ沁みるってわかるの」

「あ、あの……きっと、そうだろうと……」

「経験もないのに憶測でものを言っちゃだめでしょう。実際に試してみなくちゃ」

「ひっ、お許しを！　お許しください、摩耶さま」

「ホホホ、いい気分！　それなら許しておいてやろうかなぁ」

摩耶は母親のように年上の真澄美から「さま」をつけて哀願されると、すっかり機嫌をよくした。

彼女はイカの刺身を箸でつまむと、マグロのときと同じようにいったん性器の中に押し込んでから、ワサビ醬油につけて史人に差し出した。

「はい、旦那さま！　あーん！」

「あーん！」

「旦那さま！　一つお願いがあるんですが」

摩耶は史人が彼女に合わせてままごとゲームに興じているのを見ると、自分の欲望を満たすためにことさら遠慮がちにお伺いを立てた。

「ん、何だ？」

「女体盛りのお給仕をやりやすくするために、私もテーブルの上に載りたいんです。テーブルの上は立て込んでいますが、幸い奴隷夫人たちが顔を天井に向けているので、その上に乗れば邪魔になりませんわ」

「フフ、給仕のためとは口実で、奴隷夫人のクンニを味わいたいというのが本音だな」

「あん、早くだれかに舐めてもらわないと、おつゆが太股に伝わってしまいそうなんです。いやらしい夕食のお給仕をしたので、おつゆがどんどんあふれてきてしまって……」

「テーブルの上に載って奴隷夫人の顔をまたげば、私に体を向けることになる。私から鞭を打たれる覚悟はできているのか」

「あん、意地悪！　お給仕をするために乗るんですから、あんまり強く打っちゃいやですよ」

摩耶は鼻にかかった甘え声で史人におもねると、麗子を振り返って誘いの水を向けた。

「麗子さんもいっしょに載りませんか。頑丈なテーブルだから、重たい麗子さんが載ってもつぶれたりしませんよ」

「この娘ったら、人が気にしていることを平気で言うわね」

麗子はむっとしたような顔をした。

「麗子さんのようなボリュームと重量感たっぷりのお尻に口と鼻を塞がれたら、奴隷夫人たちは二度と逆らおうという気など起こしませんよ。私のお尻じゃとうてい無理ですけどね」

「おまえの口と鼻を塞いで、二度と減らず口をたたけないようにしてやろうか。夜中にお仕置きをしに行ってやるから、覚悟をしておくのね」

「あ、だめですよ。今夜はもう翔吾さんの予約が入っているんですから」

摩耶は恐れる様子もなくぬけぬけと言った。

「さて、どっちの上に載ろうかしら。やっぱり、真澄美の上のお刺身をお給仕したんだから、真澄美が最初ね」

テーブルの上に両膝を載せた摩耶は、真澄美の顔をまたいでパイパンの股間を彼女の鼻先にあてがった。少女の言葉に違わず、卑猥と倒錯に満ちた夕食の給仕を行なった彼女は、膣からあふれ出した淫蜜でデルタの裂け目をヌルヌルにさせていた。

「真澄美！　おまえは息子の名前はなんていうの」

「祐介です」

「祐介のオチ×チンを舐めたことがある？」

「そ、そんなこと！　するわけがありません」

「私が男じゃないのが残念ね。私がオチ×チンを持ってたら、息子のペニス代わりに舐めさせてやれたのに。でも、私を実の娘だと思って性器を舐めなさい。息子と同い年なんだから、おまえの娘のようなものでしょう」

摩耶はそう言うと、腰をぐっと落として性器を真澄美の口に押しつけた。

「むぐ……うむ、むーん、むちゃっ」

「ほら、しっかりお舐め。外にあふれているおつゆをきれいに舐め取ってから、クリットやラビアをおしゃぶりするのよ」

「は、はい……あんむ、ぴちゃ」

「ちゃんと舐めないと、ワサビのついたお刺身を性器の中に入れるからね」

「あわっ、舐めます！　ぺろ、ぴちゃ！」

　摩耶に意地悪く脅されると、真澄美は慌てて服従の返事をし、熱心にクンニリングスをつづけた。

「あん、あぃーん！　いいわあ……どう、真澄美？　祐介と同い年である私の性器を舐める気分は？」

「な、なんだか変な気分です。祐介がガールフレンドといっしょにいるところに私が割り込んでいって、ガールフレンドの性器をクンニするような気分です」

「ガールフレンドとのレズプレイを祐介に見せてやりたいのね。でも、一番の欲望は、そのガールフレンドの目の前で祐介のオチ×チンを舐めることなんでしょう」

「お、おっしゃるとおりです」

　真澄美は摩耶に言い当てられて驚いたように返事をした。彼女は摩耶と話をしているうちに、息子に対する性的欲望を心に生み出していたのだ。

「奴隷夫人の身分を祐介に知られ、彼の見ている前で私にクンニ奉仕をしたり、旦那さまから犯されたりすることを想像すると、ドキドキするでしょう」

「ひいっ、そんな恐ろしいことを想像させないでください」

「おまえは奴隷夫人なのだから、旦那さまや私たちのお許しを得てから、みんなの見ている前で祐介のオチ×チンを舐めたり、セックスをしたりするのよ。どう、興奮する？」

「ひいっ、虐めないでください、摩耶さま！」

「ホホホ、いい気分！　ねえ、旦那さま、麗子さん！　絶対につぎからは奴隷夫人たちに息子を同伴させましょうよ」

「フフフ、摩耶ときたら自分の母親のような熟女を震えあがらせるのだから、たいしたものだ」

「本当に！　摩耶がうちのメイドになって儲けものでしたわね」

史人が摩耶のことを褒めると、麗子もにこやかに笑って相槌を打った。彼女は摩耶の無礼な発言に機嫌を悪くしたことなどすっかり忘れてしまったようである。

「真澄美、絵理菜！　摩耶があぁ言っているけれど、おまえたちの意見はどう？」

「ひいっ、祐介を連れてくるのだけは堪忍してください！」

「お願いします！　陽斗に私の恥ずかしい姿を見させないでください」

麗子が訊ねると、奴隷夫人たちは気が狂ったようにわめき立てた。彼女たちは息子に真実を知られることを死ぬほど恐れていたのだ。

「摩耶の提案を前向きに考えてみるのもいいんじゃないですか。息子たちを別室に控えさせておくだけでも、母親たちは息子に知られるのではないかという恐怖で激しく興奮し、いっそう心を込めて奴隷奉仕に精を出すと思いますが」

「フフフ、どうだ、絵理菜？」

「御奉仕いたします！　陽斗に黙っていてくださるなら、どんなことでもして理事長さまに悦んでいただきます」

「私もです！　どうか、祐介には内緒にしておいてください。そうすれば、恩返しにどんないやらしいプレイでも悦んでしますから」

絵理菜につづいて真澄美も熱心に懇願した。すると、摩耶は真澄美の顔にいっそうきつく股間を押しつけながら意地悪く言った。

「ホホホ、おまえが今やるべきことは、私への恩返しよ。しっかりクンニして私を悦ばせなさい」

「は、はい！　ぺろ、ぺちゃ……うんむ」

「あん、快感よ！　はい、旦那さま……あーん！」

「フフフ、あーん！」

摩耶が例のままごと口調で箸に挟んだローストビーフを史人に差し出すと、彼もすっかりその気になって彼女に応じた。

麗子はその様子を見ながら手持ちぶさたにしていたが、やがてぽつりと呟いた。

「私もテーブルに載ろうかしら」

第七章　熟女奴隷と美少女奴隷

1

別荘に出頭して仕置きを受ける奴隷夫人は、真澄美と絵理菜の二人にかぎらなかった。スパルタ式教育法で名高い明渓学館では中等部から高等部への進学することのできる生徒は学年総数のわずか六十パーセントほどで、残りの四十パーセントは高等部への進学をあきらめて他校を受験しなければならなかった。また、難関を突破して進学することができても、学期ごとの成績によって不振者には退学勧告がなされるという厳しい世界であった。

そんなわけで成績の悪い生徒は容赦なく退学に追いやられるのだが、例外として母親が若く美人である生徒は生き残りが可能であった。

つまり、真澄美や絵理菜のように史人のもとに出頭し、仕置きという名目のSMプレイを受けたあと、奴隷夫人として彼に肉体を差し出すことによって息子の退学を猶予してもらうのである。

そのような奴隷夫人たちは真澄美と絵理菜のほかにも複数存在していた。そして彼女たちは一回だけでなく定期的に史人に肉体を差し出していたのである。

特に、学校が夏休みに入ったこの時期には毎日のように熟女美人が別荘詣でをして、晩餐の開始から夜中まで責めを受けたり屈辱的な性奉仕をさせられたりするのであった。

もっとも、本来の晩餐は粛々と進行するもので、史人は奴隷夫人たちを適度に責め嬲ったところで彼女たちにも食事を与え、そのあと寝室を兼ねた奴隷調教室に連れていってじっくり仕置きを行なうというのがいつものパターンであった。

ところが、その夜にかぎっては新米メイドの摩耶が予想外の活躍をして場を盛りあがらせ、史人のサディスティックな気分を大いに昂らせた。

そこで、彼は奴隷調教室へ行く前に、大食堂での愉しみをもうしばらく継続させることにした。

「フフフ、豪華版の女体盛りだったな」

　史人は真澄美と絵理菜の裸体の上に載せられた刺身や肉などの料理をぺろりと平らげると上機嫌に言った。

「料理もうまかったが、女体盛りが二つもあるのだから、こんな贅沢はなかなか味わえるものじゃない。摩耶も麗子も私のお相伴をして愉しかっただろう」

「あん、最高！　アヌスも性器もピッカピカになるほど舐めさせてやりましたわ」

　真澄美の顔に秘部を押しつけた摩耶は淫らな快楽に顔を火照らせながら、得意そうに報告した。

「私も！　絵理菜に性器やアヌスの隅から隅まで、穴や割れ目の奥深くまで舐めさせました」

　摩耶同様、絵理菜の顔を尻やデルタで塞いだ麗子も興奮した面持ちで返事をした。

　摩耶のやることを見て羨ましくなった麗子は、わざわざ厨房まで箸を取りにいってからテーブルに上がり、絵理菜の顔に重量級のヒップを押しつけたのである。なぜ箸を取りにいったのかというと、摩耶と交代で女体盛りの料理を史人の口に運ぶためである。こうして彼女も絵理菜の舌の奉仕を味わいながら、ままごとプレイに嵌ってしまったのである。

「奴隷夫人たちにクンニされて麗子と摩耶がよがりまくる顔も見ものだったぞ。女体盛りがいっそう味わい深くなった」

「摩耶、厨房に行っておしぼりを十本ばかりもらっておいで」

「はい」

快楽を満喫した麗子と摩耶はテーブルを降り、女体盛りとなった真澄美と絵理菜の肌から汚れを丁寧に拭き取ってやった。

「二人とも、四つん這いになって私に顔を向けろ」

史人は奴隷夫人たちに命令し、椅子から立ちあがってシャツとズボン、パンツを脱いだ。彼のペニスはすでに怒張し、血管の青筋を浮きあがらせている。

テーブルの上に四つん這いになった奴隷夫人たちは固唾(かたず)を飲んで太い肉竿を見つめた。

大食堂でさまざまな仕置きを受けてきた彼女たちだが、まだ史人のペニスには触れていなかった。

彼がズボンを脱いだことで、奴隷夫人たちはいよいよ淫らな奉仕をさせられると悟ったのだ。

「ペニスを舐めたいのはどっちだ」

「あ、私が……」

「わ、私も……」

史人が問いかけると、奴隷夫人たちは慌てて返事をした。肉体を苛む仕置きにマゾの反応を見せ、卑屈な奴隷奉仕で服従心を伝えることは、彼女たちにとって必要不可欠な要件であった。

なぜなら、息子が明渓学館の生徒をつづけられるかどうかは母親の奴隷奉仕にかかっていたからである。

「どっちが上手に舐めて私を悦ばせることができるんだ」

「絵理菜さんよりも私のほうが上手です。どうか、私に舐めさせてください」

「いえ、私に！　真澄美さんよりも私のほうが上手に舐めることができます」

それまで仲よく仕置きを受けていた奴隷夫人たちは、史人にけしかけられるとライバルを押しのけてペニスにありつこうとした。相手よりも史人に気に入られるということは、彼女たちにとって至上の命題だったのだ。

「フフフ、まだお預けだ」

史人は勢い込む奴隷夫人たちを焦らすと、麗子から乗馬鞭を受け取った。

「それっ！」

——ピシーン！

「おひーん！」

——ピシーン！

「あひゃーっ！」

史人の振り下ろした鞭は絵理菜と真澄美の背中越しに双臀の谷底を打ち弾き、アヌスや性器の媚肉に強烈な痛みを覚えさせた。焦らされたうえに鞭を打たれるつらさとみじめさに、熟女の奴隷夫人たちはせつない涙を目にため込んだ。

「摩耶、翔吾はどうしている」

「元気いっぱいですよ。私が厨房に行くたびにいたずらしようとするんですから。おしぼりを取りにいったときも割れ目に触ろうとしたので、手の甲を思いきりつねってやりましたよ」

「ここへ来るように言ってやれ。翔吾にもたまにはいい思いをさせてやらなくては可哀想だ」

「えーっ、いったいどこが可哀相なんですか。夕方私を無理やり犯していい思いをしたばかりなのに」

「無理やりといっても、おまえがそうするように仕向けたんだろう」

「翔吾さんが言うには、旦那さまは美人の奴隷夫人たちを存分にお仕置きして、好きなように犯すことができるから羨ましいって。それで私が同情して、ちょっとだけのつもりでオチ×チンを舐めてあげたんですよ。そうしたら、人の親切をいいことにつけあがっちゃって、私をスパチュラでお仕置きしながら犯したんです。同情して、損をしちゃいましたよ」

「フフフ、損じゃなくて、得をしたんじゃないのか……いいから呼んでこい」

「はーい」

摩耶はふてくされたように返事をしながらも、厨房に行って史人の言葉を伝えた。

「さすが、旦那だ。おいらにもお裾分けに与らせてくれるんだな」

翔吾は話を聞くと小躍りして悦んだ。

「スパチュラを持っていって、奴隷夫人たちを思いきり叩いてやったら」

「いや、スパチュラはネエちゃん用だ。わざわざ遠いところから出頭してきた奴隷夫人たちには、ちゃんとした鞭を使ってやらなければ失礼に当たるぜ」

「あら、私にはスパチュラを使っても失礼じゃないっていうの」

「へへへ、ネエちゃんが望むのなら、つぎからは本格的な鞭を使ってやるぜ」

「いーだ！　つぎなんてありませんから」

摩耶は口惜しそうに言ったが、そのあいだに翔吾は責め具の入った棚から乗馬鞭を取り出し、コックのユニフォームをすっかり脱いで丸裸になった。

「ほら、もうビンビンに立っているぜ。ちょっと舐めてみな」

「あら、本当だ。じゃあ、ちょっとだけよ……あんむ」

摩耶は床にしゃがんで舌を亀頭に絡めた。大食堂のテーブルでレズクンニを味わってきた彼女は、翔吾に太いペニスを見せられるとスケベ心がムラムラとわきあがってきたのである。

「あむ、ぺろ……」

「どうだ、うまいか」

「おいしいわ。晩餐が始まってから、ずっとオチ×チンを舐めていなかったんだもの」

「ヒヒヒ、おいらのチンポが貴重品だということがわかるか」

「ぴちゃ、どうして？」

「屋敷に女は何人いる」

「四人よ。私と麗子さん、それから絵理菜と真澄美」

「絵理菜と真澄美だと？　奴隷夫人たちを呼び捨てにしていいのか」

「いいのよ、私のほうが偉いんだから……あむ、ぺろ」

「そういうのを〝虎の威を借りる狐〟というんだ。奴隷夫人たちは生意気な小娘に呼び捨てにされてさぞかし口惜しかろう」

翔吾はSMプレイの行なわれる屋敷でコックをしているだけに、マゾ熟女の機微に通じていた。

「もっとも、夫人たちは口惜しくてしょうがないが、その口惜しさがマゾの興奮に繋がるのだから、それなりにネエちゃんの存在価値があるというわけだ。ところで、男は何人だ」

「旦那さまと翔吾さんの二人だけれど……」

「これで、おいらのチンポが貴重品だということがわかっただろう。つまり、チンポに飢えた淫乱女は四人もいるが、肝心のチンポは二本しかないってことさ」

「あ、そうか！」

「ネエちゃんは奴隷夫人たちに対して威張っているが、チンポ争いになったら勝ち目はあるのか」

「ううっ、きっとないわ。口惜しいけれど、二人とも私よりずっと美人で、熟女の色気をムンムン出しているんだから。真澄美なんて、おっぱいでも麗子さんと張り合えるくらいよ」

「大食堂に行けばネエちゃんがチンポにありつく確率はぐんと下がるってことだな。だから、ここで舐めさせてやっているんだ。ありがたく思いな」

「あん！　恩を着せようっていうのね。でも、ありがたくちょうだいするわ……あむ、ぺろ」

「ヒヒヒ、じゃあ、今のうちにハメといてやろうか」

「そんな時間ないわ。旦那さまは翔吾さんがくるのを待っているんだから」

「そこにある椅子に載るんだ。おいらが休憩時間にテレビを見るための椅子だが、キャスター付きなので転がしていくことができる。つまり、ハメながら移動することができるってわけだ」

翔吾は従業員食堂のテーブルの脇に置かれた椅子を示した。テーブルとセットになっている椅子は四本の脚を持つタイプのものだが、それとは別に翔吾がふだん愛用している肘掛け椅子があって、そちらは基台（ベース）が五ツ股に分かれた一本の柱に支えられていた。五ツ股のベースにはそれぞれキャスターがつき、床の上を転がして容易に移動させることが可能であった。

「おいらは淫乱のマゾメイドをハメながら、大食堂に登場するってわけだ」

「いやーんっ！　翔吾さんはいいかもしれないけれど、私は困るわ。旦那さまや麗子さんに叱られてしまうもの」

「へへへ、呆れられるかもしれないが、叱られることはないだろう。さ、載った！」

翔吾は半ば強制的に摩耶を椅子の上に載せ、ペニスと性器を結合するための体位を取らせた。

「肘掛けの上にまたがって、脚を肘掛けの外で宙ぶらりんにしろ。後ろ向きになって、背もたれに抱きつくんだ」

「あん、こんな格好でオチ×チンを入れられるなんて、なんか興奮しちゃうわ。まだお仕事の最中だっていうのに」

摩耶は注文どおりの格好で肘掛けにまたがり、宙に浮かせた尻を後ろに突き出した。ワンピースのメイドコスチュームはスカートが超ミニなので、肘掛けにまたがっただけで裾が持ち上がって性器もアヌスも無防備にさらけ出されてしまった。

「ヒヒヒ、旦那が呆れる前においらが呆れるぜ。牝づゆを派手にあふれさせてよ！　こんなんで、よくウエイトレスの仕事ができるな」

翔吾は椅子にまたがった摩耶の後ろ姿を見て皮肉たっぷりに言った。肘掛けに支えられて宙に浮いた股間は、ヴァギナからあふれ出た淫蜜によってとろとろに濡れていたのだ。

「私だって濡らしたくて濡らしているんじゃないのよ。お仕事の内容がいやらしすぎるから、こんなになっちゃうの……でも、私だけじゃないわ。麗子さんも絵理菜にクンニをされてヌルヌルだし、二人の奴隷夫人なんかテーブルの上に載せられたときからおつゆを垂らしっぱなしよ……あん、早くぅ！」

「ヒヒヒ、それっ！」

「あん？ あいーん！」

カリ高の亀頭を割れ目にあてがった翔吾が腰を前に突き出すと、ペニスはラビアを割って勢いよくヴァギナを穿った。

「濡れているから、ずぶっと入り込んだぜ……ヒヒヒ、ネエちゃんの割れ目は何度入れても気持ちがいいや」

「あん、あん！ 私も翔吾さんのオチ×チンを覚えているわ。硬くて太いのをまた入れられて、ゾクゾク鳥肌が立ってくるわ」

「さあ、ハメたまま移動するぜ」

「あひゃ？　あひゃひゃーっ！」

翔吾は摩耶の性器にペニスをつけ根まで打ち込み、出っ張った下腹を双臀に打ち当てた。そうすることによってキャスターの車輪は回転し、椅子は摩耶を載せたまま動いていくのである。

「それ、それっ！」

「ひゃひっ……ひゃぃーん！」

翔吾が腰を前に突き出す動作を繰り返すと、ペニスや下腹は子宮に当たったり双臀の谷底に打ち当たったりして摩耶の肉体に衝撃を与えた。その衝撃が原動力になって椅子を動かしていくのだが、ヴァギナの壁を押し拡げるほどの膨らみと硬質ゴムのような硬さを誇る亀頭が子宮に打ち当たる感覚は苦痛と快楽の狭間にあり、摩耶はペニスを打ち込まれるたびにマゾヒスティックな悲鳴をあげた。

2

翔吾は椅子にまたがった摩耶の後ろからペニスを打ち込みながらその衝撃を利用して肘掛け椅子を前に進ませ、従業員食堂を出てエレベータホールを横切り、大食堂へと入っていった。

「さあ、淫乱メイドが仕事そっちのけでチンポをハメられて、ヒイヒイよがり狂う姿を見てもらえ」

「ひゃっ、ひゃっ……あひゃーん！」

翔吾の言葉に違わず、摩耶は肘掛け椅子の上で後ろからペニスを突きあげられ、マゾヒスティックな悲鳴を周囲に響かせた。

「摩耶のやつ、何という格好をしているんだ」

「まあ、驚いた！　呆れてものが言えないわ」

大食堂にいる者たちは中に入ってきた二人を見て驚きの声をあげた。だが、それも無理はなかった。コックとメイドのペアは、ペニスとヴァギナを結合したあられもない格好で大食堂に現れたのだから。

「ヒヒヒ、旦那！　摩耶がどうしてもハメてくれとせがむので、仕方なくこんな格好でやってきたんですよ。此奴は仕事をさぼってチンポのつまみ食いをする淫乱娘だ。きっちり仕置きをしないと、後々のためになりませんぜ」

「えーっ、嘘！　旦那さま、私がせがんだんじゃありません。翔吾さんに騙されたんです！　今夜は男に飢えた淫乱女が四人もいてオチ×チンの取り合いになるから、今のうちに味わっておかないと損をするとそそのかして、私をその気にさせたんです」

「まあ、失礼ね。オチ×チンに飢えた淫乱女の中に私も入っているっていうの？」

摩耶の台詞を聞くと、麗子がプリプリして怒った。

「私が言ったんじゃありません。翔吾さんが言ったんです」

「翔吾が言ったかどうか知らないけれど、おまえがここでわざわざ言うことはないだろう。第一、翔吾に騙されたなんて言っているけれど、やりたくてウズウズしていたのはおまえのほうなんだろう。旦那さま！　懲らしめのために、摩耶を奴隷夫人の仲間入りさせてやりましょう」

「あひーっ、やめてください！　メイドのお仕事が気に入っているんですから」

「フフフ、翔吾！　おまえに任せるぞ。私はこっちを相手にしながら見物をしているから……そらっ、真澄美」

——ピシーン！

「ひゃ、あんむう！」

テーブルの前に立った史人は、その上に四つん這いで並んだ奴隷夫人たちを鞭で打ち懲らしながら、交互にフェラチオをさせていた。ちょうど真澄美が奉仕をしているところで、彼女は背中越しに双臀の谷底を打たれ、ペニスを咥えたままくぐもった悲鳴を洩らした。

「摩耶、旦那からお墨付きをいただいたぜ。おいらのチンポでお仕置きをされるのと、鞭でお仕置きされるのとどっちがいい？」

「あん、オチ×チンにしてください」

「ヒヒヒ、やっぱりチンポと鞭の両方だな」

「あーん、意地悪！　最初からそのつもりのくせに、わざと訊いて希望を持たせたのね」

「ネエちゃんが、ケツを叩かれながらハメられるのが大好きなマゾだということはもうばれているんだぜ。好きなことをしてやろうというのだから、文句を言うことはないだろう」

翔吾は持参した乗馬鞭を麗子に渡し、引き換えに短鞭を受け取った。

「ネエちゃん！　こういう短い鞭の使いどころを知っているか」

「もう旦那さまに教えられたわ。それも、口じゃなくて実際に……」

「レッスン済みってわけだな。それじゃあ、話が早い……それっ！」

――ピチィーン！

「ひゃーん、お尻が灼けるうっ！」

「今度はチンポの仕置きだ」

「あひゃひゃーっ! ひゃいーん!」

翔吾は短鞭で臀丘の柔肌を打ち懲らすと同時に腰を前後に動かして性器を穿ったペニスにピストン運動をさせた。摩耶は被虐と悦楽の狭間で悲鳴をあげ、肘掛け椅子の上で激しく身悶えた。

「スパチュラのような代用品じゃなくて、ちゃんとした革鞭を使ってやったぞ。これでネエちゃんの扱いも奴隷夫人並みになったということだ」

「あーん、奴隷夫人並みになんかなりたくないわ。二人のお尻を私以上に赤剝けにしてやったのに、本格的な鞭を使われたら。また彼女たちに追いついちゃうもの」

「ヒヒヒ、旦那もフェラチオをさせながら、奴隷夫人たちのケツを打っているじゃねえか。お互いあいこってものだ」

「違うのよ。旦那さまは残忍だから、お尻の山じゃなくて、谷底のアヌスや性器を狙って打つのよ。だから、翔吾さんにお仕置きをつづけられたら、私のほうが赤剝けになってしまうわ」

「ヒヒヒ、いいことを聞いたぜ。要するに、おいらもハメているチンポをときどき引き抜いて、丸出しとなったケツの穴や割れ目を打ってやればいいんだな」

「ひゃーっ、そんなこと言っていないわ！　せっかくいい気持ちになっているのだから、抜いたりしないでちょうだい」

摩耶は慌てて叫んだ。彼女は懸命に腰をくねらせて膣襞をペニスにこすり合わせ、翔吾の気を惹こうとした。

「うむ、いい気持ちだ。おいらのチンポをじんわり締めつけてくるな……赤剝けのケツになるのがそんなにいやなら、こっちはどうだ」

――ピシーン！

「あひゃーっ！　おっぱいがピリピリするぅ！」

翔吾のふるった鞭は摩耶の乳房を打ち弾き、敏感な肌に灼けるような痛みを発生させた。肘掛け椅子にまたがった摩耶は背もたれを抱きかかえていたが、乳房は背もたれの上にはみ出して双つの肉塊を無防備にさらけ出していたのだ。

「おっぱいはお尻よりもよほど敏感なのよ。そんなところを打つなんてひどいわ。私のことを可哀想とは思わないの」

「可愛いとは思うが、可哀想とは思わないな。なぜなら、ネエちゃんはお仕置き好きのマゾなんだから」

「あーん、マゾじゃないわ。サドの女王さまに目覚めて、お仕置きをするほうが好きになったの」

「女王さま気取りのお仕置きは奴隷夫人たちにしてやるんだな。そして、おいらや旦那からはマゾメイドになるためのレッスンを受けるんだ」

――ピシーン！

「ひゃーん、おっぱいが痛ぁーい！」

「おいらや旦那に向かって生意気な口をきくんじゃないぞ」

――ピシーン！

「あひゃーっ、ききません！　生意気な口をきかないで、服従心たっぷりのマゾメイドになります……ぐすん、ひくうっ」

摩耶は乳房の敏感な生肌をつづけざまに打ち懲らされ、泣きながら服従を誓った。

「フフフ、翔吾にお灸を据えられて、少しは薬になったようだな」

「そのようですわね。でも、甘やかすとすぐまた調子に乗りますから、油断できませんわ」

史人がニヤニヤ笑って言うと、そばで見ていた麗子も相槌を打った。

「うえーん、調子になんか乗りません……麗子さんにも生意気な口はききません……ひくっ、体重のことなんか二度と言いません」

「まったく！　本当に懲りない娘ね」

摩耶は泣きながら誓ったが、それを聞いた麗子は呆れてものが言えないというような顔をした。

「ヒヒヒ、これが摩耶のキャラクターってものですぜ……どうだ、ネエちゃん！　もっと仕置きをしてほしいか」

「あーん、お仕置きならオチ×チンでしてください。そっちのお仕置きが好きなマゾメイドですから」

「あいにく、おいらのチンポは鞭と連動して動くことになっているんだ……ほらっ！」

「ひゃいーん、乳首が灼けるーっ！……あっ、あっ？　あいーん！」

翔吾のふるう短鞭は急所の乳首も容赦なく標的にした。摩耶は息もできぬほどの激痛に身を捩って泣き叫んだが、すぐにヴァギナの中で動きだしたペニスの触感に気を奪われた。

「あおっ、いいっ！　いひひっ、いひーん！」

「そうだ、いいぞ！　打たれるたびにチンポを締め込んできやがるな」

翔吾はピストン運動を繰り返しながら呻くように呟いた。

「よし、じゃあ、ハメたままテーブルの周りを歩くんだ……そらっ、そらっ！」

「いひ、いーん！　太くて硬いオチ×チンがズンズン突きあげてくるわ……おひーん！」

「チンポを打ち込まれても、椅子ごと前にずれるから楽なものだろう」

翔吾が腰をスイングしてペニスや下腹を摩耶の股間に打ちつけると、彼女を載せた椅子は衝撃によって少しずつ移動していった。その動きが緩衝の役目を果たし、ペニスが凶器となるのを防いでいるのだった。

「楽というよりも、むしろ物足りないんじゃないか。だから、ときにはこうしてやるんだ」

そう言いながら、またしても鞭をふるって乳房を打ち弾いた。

――ピシーン！

「あひゃーん！」

ついで摩耶の髪を摑んで後ろに引き寄せ、ヴァギナの奥に向かってペニスを何度も打ちつけた。

「ひっ、ひっ、ひっ……ひゃいーん！　感じる……感じるぅ！」

髪を摑まれて動きを止められた摩耶は、深々と膣を貫かれた状態でペニスの連打を受け、大食堂中に響く悲鳴をあげた。

「どうだい、ネエちゃん！　おいらに仕置きをされて、マゾメイドの悦びを味わっているか」

「あひひーん、味わっていまーす！　あひぃーん！」

「ちょっとはおいらのことを見直したか」

「ああーん！　もうとっくに見直しているわ。厨房でスパチュラのお仕置きセックスをされたときから、翔吾さんはただのおデブちゃんじゃないと思っていたもの」

「ただのおデブちゃんでなければ、何なんだ」

「私を支配する恐ろしいコックさんです」

「ヒヒヒ、そう認めてくれると嬉しいぜ」

翔吾は顔に薄ら笑いを浮かべて満足そうに言った。彼は鞭を振りあげると、さらに訊ねた。

「何という道具によって支配されているんだ」

——ピシーン！

「ひゃーっ、鞭です！　鞭によって支配されています」

「もう一つは？」

そう訊ねながら、腰をスイングしてペニスを繰り返し打ち込んだ。

「あひひーん、太いオチ×チンですぅ！　コックさんの太いオチ×チンに支配されています」

またしてもペニスの連打を受け、摩耶は悦虐の叫びを大食堂に響かせた。まさしく彼女は鞭とペニスによって肉体を支配されているのであった。

「おいらに服従しているんだな」

「服従しています。翔吾さんに服従していますぅ」

「ということは、ネエちゃんはおいらの奴隷なんだな」

「ああっ、奴隷です……摩耶は翔吾さんの奴隷です」

「ヒヒヒ、奴隷なら、テーブルの上の奴隷夫人たちと同じ身分だ。ネエちゃんもテーブルに載り、彼女たちに交じって仕置きを受けるんだ」

翔吾はそう結論づけると、摩耶を椅子からテーブルの上に押し上げた。

3

「奴隷夫人たちのあいだに入れ。ネエちゃんが真ん中だ」

翔吾に指図されると、摩耶はテーブルの上で四つん這いになって真澄美と絵理菜のあいだに割って入った。

「あ、あの……お邪魔します」

摩耶は左右の奴隷夫人たちに向かって、照れくさそうに挨拶をした。摩耶はそれまで奴隷夫人たちを得意になって仕置きしてきたので、同じ奴隷の身分に堕とされると、彼女たちに対していささか顔向けができなかったのである。

「フフフ、特等席じゃないか」

四つん這いの列に摩耶が加わると、史人はサディスティックな視線を彼女に向けて皮肉っぽく笑った。

「旦那の言うとおりだぜ。真ん中だから、チンポ争いには一番有利な場所だ」

史人の隣に立った翔吾もニヤニヤ笑って言った。

二人の奴隷夫人はテーブルの上に四つん這って顔をこちらに向けているが、新たに仲間入りした摩耶も彼女たちにサンドイッチされるかたちで顔を男たちのペニスに向けているのだった。

翔吾は短鞭から乗馬鞭に持ち替え、摩耶の背中越しにシャフトを伸ばして尻の上をヘラで撫でた。

「こっちの鞭の使いどころを知っているか」

「ひゃっ、意地悪！　言わせてそこを打とうっていうんでしょう」

「へへへ、よくわかっているじゃねえか。さあ、言ってみな」

「いやよ。言ったら打たれるもの」

「言わなきゃ、思いきり打つぜ。素直に言えばちょっとは加減してやる」

「あーん、お尻の割れ目」

——ピチィーン！

「ひゃいーっ！　死ぬぅ！」

「これでわかったな。シャフトの長い鞭は尻をこちらに向けていなくても、背中越しにケツの穴や性器を打つことができるんだ」

「ひくうっ……翔吾さんも旦那さまと同じだわ」

「何が同じなんだ」

翔吾に代わって史人が訊ねた。

「ううっ、残忍なところが同じなんです。二人とも奴隷を虐めて悦ぶサディストだわ」

「奴隷とはだれのことだ」

「私です。奴隷になんかなりたくないのに、無理やり翔吾さんにさせられたんです」

「フフフ、翔吾は新米奴隷のおまえのことを思って真ん中に入れてくれたんだ。ありがたいと思え」

「そ、それは、まあ……二人のオチ×チンに近いから……」

「近いのは、われわれのペニスだけではないぞ」

「えっ？」

——ピチィーン！

「あひゃーっ！　お尻の穴に火がつくぅ！」

摩耶は翔吾につづいて史人からもアヌスを打たれ、奴隷夫人たちに挟まれたまま身悶えして泣き叫んだ。

「おまえは真ん中にいるから、私と翔吾の両方から鞭が届くんだ。新米奴隷がマゾのレッスンをされるのに絶好の場所だろう」

「いやーん！　それじゃあ、奴隷夫人たちの二倍も打たれてしまうわ」

「それは当然だ。おまえは私の悪口を言ったのだから」

「えっ、悪口？　何も言っていませんよ」

「おまえは私のことを、残忍だから、奴隷夫人たちの尻の山じゃなくて、谷底のアヌスや性器を狙って打つと言っただろう」

「ち、違います！　それは誤解です。悪口じゃなくて、褒めたのです。旦那さまは真のサディストだから、奴隷夫人たちの急所を正確に責めることができると」

「すると、ナニかい？　おいらの責めは無駄打ちが多いというのか」

「あわわっ、それも誤解です。翔吾さんはお尻をお猿さんのように真っ赤にするのが上手なんです」

「フフフ、おまえの急所も正確に打ち懲らしてやるぞ」

「あわっ、私は奴隷夫人じゃないんですから！」

「奴隷夫人ではないが、新米の奴隷だろう」

「ひいっ、そんなぁ！」

「逃げることはできないぞ。両側にいる絵理菜と真澄美はおまえに意地悪く仕置きをされて、恨みを持っているからな。急所への鞭を避けるために体を動かそうとしても、二人がおまえをサンドイッチして、身動きの取れないようにしてくれるわ」

「う、嘘！　そんな意地の悪いこと、しませんよね……あの、真澄美さん？　絵理菜さん？」

摩耶は左右の奴隷夫人たちに向かってにわか仕込みの丁寧語で話しかけたが、真澄美は史人のペニスを、そして絵理菜は翔吾のペニスを舐めている最中で返事がなかった。そして、摩耶が右か左かに体をずらそうとしても、二人とも無言のまま頑として彼女の動きを阻(はば)んだ。

――ピチィーン！

「あひゃーっ！　もう死んでしまいますぅ！」

またしても史人から急所を鞭打たれ、摩耶は菊蕾の媚肉に灼けるような痛みを覚えた。

彼女はいても立ってもいられず身悶えしたが、それも奴隷夫人たちに邪魔をされてまともに体を動かすことさえままならなかった。

「おまえは奴隷の見習いだから、そこで従順(おとな)しく見学していろ」

史人は泣きべそをかいている摩耶に向かって厳しく言いつけると、彼女の左隣で翔吾のペニスに舌を絡めている絵理菜に声をかけた。

「翔吾のものも、私のペニスだと思って舐めるんだぞ」

「はい！　ぺろ、うむ……」

「ヒヒヒ、熟女の濃厚なサービスを味わうのは久しぶりだぜ。毎晩奴隷夫人を取っかえ引っかえして快楽を味わうことのできる旦那が羨ましいと、常日頃から思っていたんですぜ」

翔吾は絵理菜の口淫サービスを心地よく味わいながら、史人に向かって話しかけた。

「二、三カ月に一度はこうやっておまえにも愉しませてやっているだろう。今夜は絵理菜と真澄美に交代で舐めさせ、そのあと二人を交互に犯してやるんだ。つまり、おまえの言うように、絵理菜と真澄美を取っかえ引っかえして熟女の肉体を愉しむんだ」

「ありがたい！　旦那は話がわかるぜ」

翔吾は嬉しそうに応じると、張りきった様子で絵理菜の髪を摑んで顔を覗き込んだ。

「こっちの奴隷夫人は絵理菜というんだな」

「は、はい！　翔吾さま。奴隷の絵理菜です。どうか存分にお仕置きをしてくださいい」

絵理菜は翔吾のペニスに舌を絡めながらしおらしく挨拶をした。彼女は翔吾にも服従しなければならないことを史人から聞かされたのだ。

「さすが熟女の奴隷夫人だ。胸から垂れたおっぱいが何ともエロっぽいぜ」

翔吾はもう一方の手を伸ばして中膨れの乳房をゆっくりと揉み込んだ。絵理菜の乳房はライバルの真澄美のものほど巨きくはなかったが、スレンダーな体型であるだけに膨らみが目立ち、テーブルの上に四つん這いになった格好では胸からボリューム感たっぷりに垂れて翔吾の目を惹いたのである。

翔吾は肌理細かな肉塊を鷲掴みにしたり先端の乳首をつまんだりして弄びながら、史人同様厳しく申し渡した。

「おいらをきっちり愉しませないと容赦しないぜ」

「あむ、翔吾さまにも愉しんでもらいます！　ぴちゃ、ぺろ」

――ピシーン！

「ひゃあっ！　いうことをききますぅ」

「ヒヒヒ、おいらはケツをお猿さんのように赤くしてやるのが得意なんだ。隣のネエちゃんもそう言っていただろう」

翔吾は、鞭の打擲で尻を赤く腫れあがらせた絵理菜と、彼女の隣でビクビクしている摩耶を交互に見下ろしながら皮肉っぽくうそぶいた。

「ほら、亀頭をじっくりと舐めるんだ」

そう言いながら髪を掴んだ手で絵理菜の顔を引き回し、亀頭の鈴口やカリの稜線沿いに舌や唇を這わせるよう強いた。

「あむ、む……ぺろ」

「うん、上手いぞ。旦那……いや、理事長さまに仕込まれたのか」

「は、はい！　理事長さまに仕込んでいただきました」

「どういうやり方で仕込まれたんだ。これか？」

翔吾は乗馬鞭を背中越しに伸ばして、革ヘラで臀丘を撫でた。

「お、おっしゃるとおりです。理事長さまに鞭で打たれながら、御奉仕のテクニックを躾けられました」

「それじゃあ、おいらも……」

――ピチィーン！

「ひゃいーっ！」

「ヒヒヒ、こっちの打ち方は旦那流だ」

翔吾は絵理菜のアヌスを打ち弾いて彼女に甲高い悲鳴をあげさせると、満足そうに笑った。

「旦那！　旦那も罪な人ですぜ。こんな美人を鞭打ちによってマゾに目覚めさせ、おしゃぶり上手の奴隷夫人に仕込んでしまうんだから」

「フフフ、二人とも鞭を打たれながらペニスをしゃぶると、ぐんと興奮が高まる……そうだな、真澄美！」

——ピチィーン！

「ひゃいーっ！　おっしゃるとおり……あむう！　ぺろ！」

真澄美も史人から背中越しの鞭を双臀の谷底に浴び、悦虐の悲鳴をこだまさせた。

そして、史人の言葉を裏付けるように、舌や唇を熱心にペニスに絡めた。

「麗子！　おまえは後ろから奴隷夫人たちを慰めてやれ。性器やアヌスを舐めて、ヒリヒリと沁み込む痛みを和らげてやるんだ」

「かしこまりました……ほらっ、真澄美！　あむ、むん……」

「あん、いいです」

「絵理菜！　おまえも……ぺろ、あむちゃ！」

「ああっ、感じます！」

四つん這いで尻を後ろに突き出した奴隷夫人たちは、鞭で痛めつけられた性器やアヌスを麗子にクンニリングスされると、ほっとしたように安堵のため息をついた。

摩耶はその様子を気配で知って、後ろの麗子に向かって懇願した。

「麗子さん、私もお願いします。翔吾さんと旦那さまから三発も打たれて、まだヒリヒリするんです」

「おまえには、厨房からマスタードを持ってきてたっぷり塗りつけてやるわ」

「うひゃあっ！　意地悪をしないでください。見習い奴隷として、奴隷夫人たちのあいだでお行儀よくしているんですから」

「ネエちゃんにも仕事をさせてやろう。両側にいる奴隷夫人たちのアシスタントになるんだ」

「えっ、アシスタントって？」

「奴隷夫人たちの邪魔にならないように、ネエちゃんも脇からチンポを舐めるんだ。例えば、絵理菜がカリの周囲を舐めているときには、ネエちゃんは竿の下のほうを舐めることができるだろう。旦那からお声がかかったら、真澄美といっしょに旦那のものを舐めるんだ」

「フフフ、新米奴隷にぴったりの仕事じゃないか」

史人は翔吾の提案を聞くと、ニヤニヤ笑って賛同の意を表した。

「真ん中の特等席にいるおかげで、私のペニスも翔吾のペニスも舐めることができるんだからな」

「ただし、あくまで控えめにして、出しゃばるんじゃねえぞ。ネエちゃんは新米奴隷なんだから、おいしいところは奴隷夫人に譲って、裏方に徹するんだ」

「出しゃばりません。絵理菜さんや真澄美さんのお手伝いをして、翔吾さんと旦那さまに悦んでもらいます」

「私たちを悦ばせることはペニスを舐めるだけではない。奴隷夫人たちと同じように、性器やアヌスを打たれるんだ」

「うひっ、そんな……」

「特等席でよかったじゃねえか。不公平にならないように、おいらが絵理菜とネエちゃんを平等に一発ずつ打ち懲らす。すると旦那も不公平にならないように、真澄美とネエちゃんを一発ずつ打ち懲らす。つまり、奴隷夫人たちが一発もらうあいだにネエちゃんは二発もらえるんだ。マゾの奴隷見習いにとっては応(こた)えられない悦びだろう」

「あーん！　何も悪いことしていないのに、どうして私だけこんなに虐められるの……グスン」

　摩耶は泣き声をあげて身の不幸を嘆いた。しかし、それが嘘泣きだということをちゃんと知っている麗子は、可笑しそうに笑いながら言ってやった。

「ホホホ、見習い奴隷から本物の奴隷に昇格するいいチャンスじゃない。うんとマゾ泣きをして旦那さまたちを悦ばせるのよ。本物の奴隷になったら、真澄美と絵理菜と同等に扱って、性器やアヌスを打たれたあと舌で癒してあげるわ」

4

「あむ、ぺろ、ぴちゃ」

「ぴちゃ、ぺろ」

翔吾の股間の周りから、舌や唇とペニスの絡み合う卑猥な音や、くぐもった鼻音が漂った。絵理菜がペニスの上半分を咥えた口を上下動しているそばから、摩耶が首を伸ばしてペニスのつけ根や陰嚢に舌を這わせていた。彼女たちは翔吾の注文どおり二人で協同して彼のペニスに口淫奉仕を行なっているのだった。

「むんむ、んむ……むむ」

「ぴちゃ、あむ、ぺろ」

「ヒヒヒ、快感だ。絵理菜だけでもチンポがとろけそうなのに、摩耶も加わって竿の裏筋やら睾丸やらをいやらしく刺激してくれるぜ」

翔吾は絵理菜と摩耶を見下ろしながら、満悦の体(てい)で笑った。

「よし、場所を交代しろ。今度は摩耶が亀頭を舐め、絵理菜が玉袋を咥えるんだ」

「はい」

「はい、翔吾さま」

二人は翔吾の命令を聞くと従順に返事をして舐める箇所を交換した。それまでペニスの下方に舌を這わせていた摩耶が亀頭を咥え込み、その部分を譲った絵理菜がペニスのつけ根の陰嚢を口に含んだ。

「ぺろ、んむ……」

「あんむ、むむ……」

「うん、こちらも快感だ……ネエちゃん！　チンポの旨い場所を絵理菜が快く譲ってくれたんだ。感謝するんだぞ」

「はい、感謝します。絵理菜さん、ありがとうございます」

「いえ……」

摩耶が真面目な声で感謝の言葉を伝えると、絵理菜も素直に返事をした。二人で協同して一本のペニスを舐めることによって、互いに親しみがわいてきたのだ。

「せっかく奴隷夫人といっしょにフェラチオをするんだから、熟女のテクニックを見習うんだぞ」

「はひ！　あんむ、見習います……ぺろ、ぺちゃ！」

「んむ、むう……」

摩耶が亀頭のカリを舐めねぶっている最中に、絵理菜は睾丸を口中に含み、飴玉でもしゃぶるように舌で転がした。

「うん、こんな贅沢はめったに味わえないぜ。熟女の奴隷夫人と高一の美少女奴隷が二人で同時においらのペニスを舐めてくれるんだからな」

「あむ、翔吾さん、いいことを言うわ……ぺろ！　美少女奴隷にオチ×チンを舐められると、ゾクゾク興奮するでしょう」

摩耶は翔吾に美少女とおだてられてすっかり気をよくし、以前にもまして熱心にフェラチオを行なった。

「あむ、ぺろりん！」

「ヒヒヒ、美少女奴隷もテクニックを覚えてきたな。カリ溝に舌を入れて丁寧に舐めてくれるぜ……絵理菜、ほらっ！」

――ピチィーン！

「ひゃんむーっ！」

「美少女奴隷のネエちゃん、おまえもだ」

――ピチィーン！

「ひゃいーん！」

卑屈な奴隷奉仕をしている最中に谷底の性器やアヌスを鞭に打ち弾かれ、奴隷夫人と美少女奴隷のコンビは甲高い悲鳴を大食堂中に響かせた。二人の口淫奉仕によって翔吾が上機嫌になったからといって、サディスティックな欲情が引っ込むことはなかったのである。

「ホホホ、可哀想に！　私が慰めてあげるわ……あむ、あん」

「うひっ、あんっ……麗子さま、感謝します」

残忍な鞭を浴びたばかりの秘部を柔らかな舌で舐められると、多少は痛みが和らいだ。絵理菜は痛みの余韻に双臀をブルブルと震わせながら、後ろの麗子に向かってお礼を言った。

「ほらっ、摩耶！　おまえも一生懸命奴隷のお務めをしているのね。ちょっとは見直したわよ……あむ、んむ」

「あん、いいっ！　感じます」

絵理菜につづいてアヌスや性器を麗子の舌に慰められ、摩耶もほっと安堵の息をついた。

「絵理菜！　チンポから口を離して、おいらにケツを向けろ。淫乱マゾの奴隷夫人のいやらしい箇所をじっくり見てやるぜ」

「は、はい……」

絵理菜はフェラチオを中止すると四つん這いの裸体を百八十度回転させ、翔吾に向かって素っ裸の尻を向けた。

「うん、痩せ形のボディだけあって、おっぱいと同じように膨らみが目立つケツだな」

翔吾は絵理菜の後ろ姿を見ると感心したように言った。スレンダーなボディにもかかわらず、乳房や尻が人並み以上に膨らんでいる彼女は、痩せ形の体型であることによってそれらをさらに大きく印象づけることができるのであった。

「摩耶の体をまたいで四つ足になれ。ケツの穴や性器がおいらの顔と同じ高さになるように膝を曲げろ」

「……！」

翔吾の注文は絵理菜に四つん這い以上の恥ずかしさを覚えさせるものであった。彼女は摩耶をまたいで両手両足をテーブルにつき、膝を〝く〟の字に浮かせて尻を持ちあげ、性器やアヌスが翔吾の目と鼻の先に来るようにした。

「ヒヒヒ、いやらしさ満点のポーズだな」

翔吾は絵理菜の格好を見て、好色そうな笑い声をあげた。

「このポーズは何がいやらしいかというと、頭よりもケツのほうが高くなってしまうということだ」

「……」

翔吾の言うとおり、絵理菜は頭を低く下げたまま、素っ裸の尻を宙に高々と浮かせていた。その格好は四つん這いよりもいっそうぶざまで卑猥な雰囲気に満ちていた。

「どれ……」

「あっ？……あん、あおっ！」

翔吾がそのようなポーズを命じたのは、彼が立ったまま絵理菜の性器やアヌスを舐めるためであった。

それで早速顔を双臀の谷底に押しつけて秘肉を舐めはじめると、絵理菜は尻をヒクヒクとくねらせた。その仕種は舌から逃れようとするようでもあり、また淫らなクンニリングスをねだっているかのようでもあった。

「あむ、んんむ……ぴちゃ！……ヒヒヒ、めちゃくちゃに濡れているから、舐めるとピチャピチャ音がしてくるぜ」

翔吾は下卑た口調でいやらしげにうそぶきながら、ラビアの奥に舌を伸ばして肉襞から淫液を舐め掬った。

「どうだ、おいらのクンニは？　感じるか」

「ああっ、感じます！……あん、あいーん！」

　絵理菜は尻の動きをいっそう大きくしてよがり泣いた。快楽の虜になった彼女はもはや逃げる素振りは見せず、尻をクネクネと振り立てながら翔吾の顔に性器やアヌスを押しつけた。

「奥ゆかしい顔立ちをしているが、やることは飢えた牝そのものだ。もっと強く舐めてもらいたいのか」

「ああっ、舐めてください！　性器の割れ目も、お尻の穴も！」

「ヒヒヒ、すっかり発情しちまったようだな……うむ、ぺろ！　旨いぜ。マゾ蜜の沁み込んだラビアは、味も匂いも舌触りも最高だ……ぺろ、ぺちゃ！」

「あひいっ、あいーん！……あわっ、お尻の穴に入ってくる。ひいっ、お許しを！」

「んむ、ぴちゃ！　おまえがケツの穴も舐めてくれと言ったんだぜ。今さら『お許しください』はないだろう」

「あひっ、違うんです！　卑しい泣き声をあげることをお許しくださいという意味で……」

「つまり、ケツの穴の奥をおいらの舌にえぐられて、ヒイヒイとよがり泣きしたいということか」

「おっしゃるとおりです。どうか、卑しい泣き声をあげることをお許しください……あひっ？　ひぃーん！……ひーん、お許しをーおっ！」

返事をしているあいだに舌の先が肛門をこじ開けてアヌスを穿ち、倒錯的なアナル感覚で絵理菜の気を奪った。彼女は望みどおり翔吾の舌に直腸を深くえぐられてマゾのよがり泣きをしたのである。

「ヒヒヒ、奥ゆかしい奴隷夫人にうんと屈辱的な格好をさせて、性器やアヌスを好き放題舐めてやるのは快感だぜ」

翔吾はアヌスを舌でえぐったり菊蕾をねぶったりしながら満足げに声を出した。

「しかも、美少女奴隷のネエちゃんが舌でチンポを刺激して、おいらの欲情エネルギーに燃料を注いでくれる」

「あむ、あんむ、ぺろ！」

翔吾の言うとおりであった。

奴隷夫人の絵理菜は尻を高々と持ちあげ、性器やアヌスをクンニリングスされているが、彼女は四つ足で摩耶をまたいでいるのであった。

摩耶は絵理菜の下でテーブルに四つん這いになり、顔を翔吾の股間に近寄せてペニスを熱心に舐めていた。

「ぺろ、ぺろ、あんむ！」

「ネエちゃん、健闘しているな」

「あんむ？……」

「若いのに、熟女の奴隷夫人たちに交じって、けっこうチンポにありついているじゃねえか」

「あむ、それは、私が魅力的な美少女奴隷だからよ」

摩耶はペニスに舌を這わせながら、得意げに返事をした。懲りない少女である摩耶は、翔吾に美少女とおだてられてすっかりその気になっていたのである。

「翔吾さんも美少女におしゃぶりされると、オチ×チンの張りが違うでしょう……あむ、あんむ！」

「へへへ、たしかに気持ちいいや！」

翔吾は苦笑いした。摩耶の言うとおり、彼は少女のフェラチオに快感を覚えていた。

摩耶が美少女奴隷であることはさておいて、彼女は明らかにフェラチオのテクニックを向上させていたのである。

「あむ、ぴろ、ぺろ！」

「ヒヒヒ……ほらっ、絵理菜！　おいらの舌を存分に味わいな」

「あん、あいーん！　ああっ、お尻の穴がとろけてしまいますぅ」

第八章　大食堂での果てなき性宴

1

翔吾は絵理菜の性器やアヌスをクンニリングスしつつ、摩耶の口淫奉仕を味わうという快楽を恣にしていたが、やがて隣の史人が彼に向かって言った。

「摩耶を真澄美のアシスタントにさせてくれ。今度は私が二人の奴隷奉仕を愉しむから」

「へへへ、ネエちゃん！　売れっ子だな。旦那からのお声がかりだぜ」

史人の要求を聞くと、翔吾は摩耶に声をかけた。彼としてはいささか名残惜しい気持ちもあったが、屋敷の主人である史人に従わざるをえなかった。

翔吾は摩耶の口からペニスを抜くと、絵理菜をもとのようにこちら向きの四つん這いにさせ、彼女のフェラチオを味わうことにした。

「真澄美さん、お邪魔します。仲よくしてくださいね」

摩耶は真澄美にぴたりと肩を寄せると、しおらしい口調で言った。彼女は以前真澄美に対しても女王さまとして鞭をふるったので、負い目と遠慮があったのだ。

「仲直りをするには同じ箇所を両側からいっしょに舐めるんだ。ペニスを挟んで舌同士を絡めれば親しみが増すぞ」

史人は摩耶のために和解案を示してやった。

「さあ、いっしょに亀頭を舐めろ」

「はい！　あむ……」

「うむ、ぺろ！」

摩耶と真澄美は命令を聞くと、同時にペニスの先端を舐めはじめた。カリ高に膨れた亀頭を左右から半分ずつ唇で挟み、舌を出してカリや鈴口へと這わせた。しかし、二人の心にはわだかまりがあるのか、互いに遠慮しがちで舌の動きがぎこちなかった。

「呼吸が合わないのか……真澄美！」

「はひ？……」

——ピチィーン！

「ひゃいーん！」

「摩耶！」

「ひゃわっ……」

——ピチィーン！

「ひゃんむーっ！」

真澄美と摩耶はつづけざまにアヌスや性器を打たれ、甲高い悲鳴を大食堂に響かせた。

「いっしょにペニスを舐め、いっしょにケツの穴を打たれると、奴隷同士の連帯感がわいてくるだろう」

「あうっ！」

「うひっ！」

「連帯感とは連帯責任によるものだ。どちらか片方が私を満足させることができなければ、二人とも連帯責任で仕置きをされる」

史人は二人を見下ろしながら言い聞かせた。

「どちらに落ち度があっても、仕置きは常にいっしょだ。ただし、だれが悪いとは指摘しない。そうすれば、おまえたちは互いに自分に非があるのではないかと思って、相手に迷惑をかけまいとするだろう。そうやって連帯感を高めていくんだ……舐めろ、二人とも！」

「あむむ、あんむ！」

「むひゃ、うむ、ぺろ」

真澄美と摩耶は屈従の奴隷奉仕を再開した。今度は史人の説教が効いたのか、二人ともペニスを挟んで積極的に舌を絡め合った。

「あむ、ぴちゃ、ぺろ！」

「あむ、あむ、うんむーっ！」

「フフフ、いいぞ。鈴口から蜜液を舐め掬いながら、相手の名前を呼んでキスをしろ」

「あむ、摩耶ちゃん！」

「真澄美さん、うむむ！」

真澄美と摩耶は亀頭の鈴口を交互に舐めながら、相手の名前を呼び合って舌や唇を絡めた。

「今度はカリだ。稜線や溝を丁寧に舐めて私を悦ばせろ」

「はい！　あむ……」

「はひ、むぴちゃ……」

「摩耶！」

「はひゃ？」

　──ピチィーン！

「おひぃーん！」

「真澄美！」

「あわっ……」

　──ピチィーン！

「うひゃーっ！　ラビアがヒリつきますぅ！」

　摩耶と真澄美はまたしても双臀の谷底に残忍な鞭を浴び、ペニスを咥えながら悲痛な叫びをあげた。

「自分のせいで仕置きを受けたと思ったほうは、相手にあやまれ」

「うひぃっ、摩耶ちゃん、ごめんなさい。私が至らないから、摩耶ちゃんをつらい目に遭わせて」

「違います、私が悪いんです！　オチ×チンを舐めるテクニックが未熟で、旦那さまにお仕置きを受けました。ごめんなさい、真澄美さん……ごめんなさい、旦那さま！」

真澄美も摩耶も非が自分にあると主張して相手に謝罪した。そうすることによって相手を思いやる心がわいて互いに親近感と連帯の絆（きずな）が強まるのであった。

摩耶はもちろんのこと、真澄美も恨みを捨てて、互いに協力しながら史人を悦ばせようと、一心に屈従の奴隷奉仕に邁進（まいしん）するのであった。

「亀頭からつけ根までフルート演奏をしろ」

「えっ、フルート演奏って？」

「ペニスを横に咥えて、移動していくのよ」

フェラチオテクニックに詳しくない摩耶のために、真澄美が教えてやった。

「摩耶ちゃん、フルートの二重奏をして、理事長さまに悦んでもらいましょう」

「は、はい！」

真澄美に優しく誘われて、摩耶は彼女といっしょにペニスを横咥えし、相手のスピードに合わせながら亀頭からつけ根、つけ根から亀頭へと繰り返し移動した。

「むーむむ……」

「うむむー……」

「うん、呼吸がぴったり合っているな。二人とも上出来だ」

高々と勃起したペニスの亀頭や竿筋に走る快楽の波を心地よく味わいながら、史人は満足げに言った。

「麗子！　奴隷たちの尻の穴にゼリーをたっぷり塗り込んでやれ。後ろの穴を使えるようにしておくんだ」

「かしこまりました」

麗子はすぐに潤滑ゼリーを取ってくると奴隷夫人たちのアヌスに塗り込んだ。彼女たちは屋敷にやってくるたびに、ヴァギナだけではなくアヌスも史人に犯されているのであった。

「摩耶！　おまえもよ」

「ひゃっ！　さっきお尻の処女を奪われたばかりなのに、また犯されるんですか」

「メインは真澄美と絵理菜だから、おまえは予備ってところね」

「あら、予備だなんてずいぶんだわ。こんなに魅力的な美少女奴隷をつかまえて」

「犯されると聞くとキャーキャー騒ぐくせに、予備だと言われると途端に不満を言う。おまえって本当に天邪鬼(あまのじゃく)ね」

麗子は呆れたように言ったが、それでも奴隷夫人たち同様、摩耶の尻にもアナル用の潤滑ゼリーを塗り込んでやった。

こうして奴隷夫人たちは摩耶も含めてアナルセックス用の処置を肉体に施されたが、その様子を見ていた翔吾が史人に声をかけた。

「やっぱり旦那が羨ましいや」

「ん、どうしてだ」

「奴隷夫人たちの四つの穴に好きなだけチンポをぶち込むことができるんですから」

「フフフ、全部の穴に精液をぶちまけるわけではないが、平等にしてやらないと奴隷夫人たちが不安がるんだ。両方の穴を使ってもらえないと、息子が退学にされるのではないかと。それで私も一晩じっくりかけて四つの穴を一巡りするというわけだ」

史人は奴隷たちの行なう協同フェラチオにペニスを勃起させたまま返事をした。彼の前では四つん這いで並んだ真澄美と摩耶が亀頭を分け合い、舌同士を絡めながら淫らな奉仕に精を出していた。

「だが、今夜は無礼講だ。翔吾も奴隷夫人たちを好きなだけ犯してかまわないぞ」

「ヒヒヒ、そう言っていただけるなら遠慮はしませんや……絵理菜！　今夜はチンポを四回味わえるぜ。前と後ろの穴においらと旦那のチンポが順繰りに入ってくるというわけだからな」

「あわっ……あんむ」

絵理菜はどきっとしたが、表情を読み取られないようにすぐにペニスを咥えなおした。彼女は翔吾に性器とアヌスをたっぷりクンニされたあと、またもとの四つん這いになって彼のペニスをねぶっていたのだ。

「へへへ、期待たっぷりのようだな。チンポを舐める舌に力がこもってきたぜ」

翔吾は奴隷夫人の心を見透かしたかのように言った。

「旦那！　最初はこの組み合わせで、つぎは絵理菜と真澄美を交換して入れ直すっていうのはどうですか」

「よかろう。そのあと二度入れ替えて、まだ入れてないほうの穴を犯すということだな」

「そういうことなら、早速いきますぜ……絵理菜！　最初はどっちの穴がいい？」

「ど、どっちと言われても……」

絵理菜はおろおろと戸惑いの声をあげた。

「翔吾さまが決めてください。どのような命令にも従いますから……あむ、ぺろ」

「ヒヒヒ、お任せしますということだな。じゃあ、まず最初はマゾ蜜をたらたらこぼしている牝穴に入れてやろう」

翔吾はそう言うと、絵理菜の口からペニスを引き抜いた。摩耶と絵理菜によって前戯のフェラチオをたっぷりされたペニスは、本番を前にしていっそう硬くいきり立っていた。

2

翔吾が絵理菜の口からペニスを抜いたのと時を同じくして、史人も真澄美と絵理菜によるフェラチオを終了させた。二人の男は奴隷夫人たちとのセックスを同時進行させようと意図したのである。

史人と翔吾は奴隷夫人たちの体を反対向きにさせ、尻をテーブルの端に引き寄せた。

しかし、彼女たちに従来どおりの四つん這いの格好をさせて後ろから挿入するにはいささか無理があった。

というのは、史人も翔吾も並外れて長身というわけではなかったので、彼らのペニスはテーブルの面よりせいぜい三十センチほど出ているだけであった。この高さだとフェラチオをさせるにはよいが、四つん這いにして後ろから犯そうとすると性器やアヌスの位置がペニスよりも高くなってしまうのである。

「二人とも膝を折ってうつ伏せになれ」

史人は奴隷夫人たちに命じ、テーブル上にひれ伏すポーズを命じた。こうすれば性器やアヌスが尻とともに低くなり、ペニスを挿入するのがじゅうぶん可能になるのであった。

「摩耶、おまえはそのまま四つん這いで顔をこちらに向けていろ」

「うわっ、奴隷夫人たちのおつゆにまみれたペニスを舐めさせられるんだわ」

察しのよい摩耶は自分の役目を悟ってぞくっと怖じ気をふるった。

男たちは摩耶の両側でそれぞれの支配する奴隷夫人のヴァギナの中でペニスにピストン運動をさせ、ときおり気分転換にそれを引き抜いて摩耶に咥えさせるのだろう。つまり、摩耶は、真澄美や絵理菜の淫蜜にまみれたペニスを舐めさせられるのである。

「フフフ、咥え好きの淫乱娘には願ったりかなったりの仕事だろう」

史人は皮肉たっぷりに言い聞かせた。

「しっかり舐めて、私と翔吾を悦ばせるんだぞ」

「うっ、はい……」

「ヒヒヒ、おいらはこのところ立ちマンづいているぜ」

翔吾は後ろ向きにひれ伏した絵理菜と、その隣で顔をこちらに向けている摩耶を交互に見下ろしながら嬉しそうに言った。

「締まりのよいネエちゃんの性器を二度も息子に味わわせてやったのはラッキーだったな」

　彼はこの日厨房でのセックス、キャスター付きの椅子を用いた移動セックスと、摩耶を相手に二回セックスをしたが、両方とも立ったままペニスを挿入したのである。

「どうだ、ネエちゃん？　おいらとの立ちマンはよかったか」

「あん、よかったわ。翔吾さんはおデブちゃんで下腹が出ているから、それといっしょにオチ×チンが股にズンズン当たってきて、ゾクゾク興奮させてくれたわ」

「見習い奴隷の分際で、おいらのことをおデブちゃんとはよく言うぜ」

「あん、見習い奴隷じゃなくて美少女奴隷でしょ……怒らないで、よく聞いて！　普通のおデブちゃんだとオチ×チンがお腹の出っ張りに負けてしまうけれど、翔吾さんはおデブちゃんでも太くて長いオチ×チンを持っているから、ヴァギナに打ち込まれると最初にオチ×チンの衝撃がきて、つぎに下腹のお肉がずーんと当たってくるの。その感覚がすさまじくて、私はもうメロメロになってしまったのよ」

「ヒヒヒ、嬉しいことを言ってくれるな……絵理菜！　摩耶の話を聞いて涎（よだれ）が出てきただろう」

「出てきました。絵理菜は翔吾さまに早く入れてもらいたくて、ウズウズしています」

絵理菜はうわずった声で返事をしながら、後ろに突き出した双臀をヒクヒクとうごめかせた。

「ヒヒヒ、たしかにウズウズしているようだな。割れ目からマンづゆがこぼれ出しているじゃねえか」

翔吾は手で後ろ向きにひれ伏している絵理菜の双臀のあわいに手を伸ばし、ラビアやクリトリスの濡れ具合を確かめた。

「真澄美！　おまえはどうだ」

「ああっ、理事長さま！　早くオチ×チンをお恵みください。理事長さまの太いオチ×チンをヴァギナにねじ込んで、真澄美をマゾよがりさせてください」

「フフフ、何ともそそられるポーズだな」

テーブルの上から短鞭を拾いあげた史人は真澄美を見下ろしてサディスティックな笑いを込み上げさせた。巨(おお)きな尻を差し出して後ろ向きにひれ伏した姿はマゾの雰囲気を芬々と匂わせ、サディストである史人の劣情を刺激してやまなかった。

「そらっ、おねだりをしろ」

――ピシーン！

「ひゃーっ！　お恵みください！　太いオチ×チンを真澄美にお恵みください」

脂肪のたっぷり乗った臀丘に短鞭を浴びた熟女奴隷は、後ろの史人に向かって卑屈な言葉遣いでペニスの挿入をねだった。そして、太股に淫蜜の伝わる双臀をクネクネ振り立てて絶対的な支配者に卑しくおもねった。

「翔吾、おまえも使うか」

史人は使用したばかりの短鞭を翔吾に渡した。彼らは一本ずつ乗馬鞭を持っているが、奴隷夫人たちが尻を後ろに向けた現在、至近距離用の短鞭のほうが効き目があるのだった。

「ヒヒヒ、絵理菜！　隣の真澄美はケツをクネクネ振り立てて理事長さまのチンポをねだっているぞ」

「あっ、はい！　翔吾さま、太くて硬いオチ×チンを、どうか絵理菜にハメてくださいませ」

絵理菜は翔吾に言われると、すぐさま尻を振り立てて卑屈に懇願した。

――ピチィーン！

「ひゃあっ、お願いしますぅ！」

「真澄美！　それっ！」

「あいっ、ああーん！」

「ヒヒヒ、じゃあ、こっちも！」

「あひっ、あおーっ！」

史人が真澄美のラビアを勢いよく割ってペニスを膣に突き入れると、隣の翔吾も絵理菜のヴァギナに太いペニスを侵入させた。

「あおおっ、おひーん！」

「いひ、いひ、いひーん！」

二人の奴隷夫人は男たちのペニスによってヴァギナの粘膜をこすられ、肉の快楽に泣き悶えた。彼女たちは大食堂に連れてこられてから現在に至るまでヴァギナでペニスを味わっていなかったのだ。

「安心したか、真澄美？」

史人は後ろ向きにひれ伏している真澄美の双臀越しにペニスをヴァギナに送り込みながら話しかけた。

「私のペニスがおまえのヴァギナかアヌスに入れば、息子の祐介は二学期も明渓学館の生徒でいられる。母親の肉体をいただけば、息子を退学させるわけにはいかないからな」

「おひひっ、安心しました。ありがとうございます、理事長さま！　どうか、今後とも祐介を温かくお見守りください。そして、母親であるこの私に対しては、理事長さまにお仕えする奴隷夫人の一人として、容赦のないお仕置きをしてマゾの淫乱牝に躾けてくださいませ……おひぃーん！」

「へへへ、絵理菜！　おまえはまだ安心というわけにはいかねえな。理事長さまのチンポをちょうだいしていないのだから」

史人の隣で翔吾が絵理菜のヴァギナにペニスを打ち込みながらニヤニヤ笑って言った。

「だが、半分くらいは安心していいぞ。おいらは理事長さまの代理でおまえにチンポをハメているのだから。おいらが満足すれば、理事長さまも息子を退学にするわけにはいかねえだろう」

「あん、満足してください、翔吾さま。陽斗のためなら、どんなことでもいたします」

「ヒヒヒ、おいらを満足させるためにはどうしたらよいか、そこの摩耶がよく知っている。ネエちゃん、おいらにどういうセックスをされたのか、絵理菜に教えてやりな」

「お仕置きセックスよ。翔吾さんは鞭やスパチュラで相手をお仕置きしながらセックスをするのが大好きなサディストなの。私もそのセックスをされて、お尻を真っ赤に腫れあがらせてしまったわ」

「これでわかったか。おいらを満足させるためには、ケツを打たれながらハメられなきゃならないんだ」

翔吾はそう言うと、再び短鞭を取りあげて振りかぶった。

――パシーン！

「おひーっ！……ううっ、もっと打ってください。お尻を好きなだけ打ち懲らしながら、太いオチ×チンで絵理菜を犯し、どうか満足してください……おひっ、おひぃーん！」

翔吾の嗜好を知った以上、絵理菜は彼に迎合せざるをえなかった。彼女はペニスを挿入された状態で尻をヒクヒクとうごめかせ、サディストのコックに向かって鞭の打擲をねだった。

「フフフ、こっちは小休止とするか」

一方、史人は真澄美のヴァギナを何度か突きあげると、ペニスを引き抜いて摩耶の目の前に移動した。

「ほらっ、膣から出てきたほやほやのペニスだ！」

「うひゃっ、グロテスク！」

摩耶はペニスを見るなり叫んだ。

真澄美の膣内を何度も往復したペニスは硬く勃起した状態のまま表面に淫蜜をべっとりとまみれさせていた。

「口ではグロテスクなどと言っているが、内心ではゴクリと唾を飲み込んだのだろう」

史人は摩耶の髪を摑んでペニスに引き寄せながら、彼女の頬や顎に汚れをなすりつけた。

「フフフ、まだお預けだぞ。匂いを嗅いでみろ」

「んむ……男の人のオチ×チンと女の人の性器がミックスした匂い！　とてもいやらしくて、なんかドキドキしてくるわ」

「しゃぶりたいか」

「あん、おしゃぶりしたいです。真澄美さんの性器の匂いのするオチ×チンを、見習い奴隷の摩耶に舐めさせてください」

摩耶はしおらしく見習い奴隷の身分を名乗って淫らな仕事を懇願した。翔吾には遠慮のない口をきけても、屋敷の主人である史人に対しては多少の怖れを感じていたのだ。

「私の好みを知っているか」

「えっ？……」

——ピチィーン！

「ひゃいーっ！　悪いことなんかしていないのに！」

乗馬鞭を背中越しに打たれた摩耶は、アヌスから性器に達する痛みに甲高い叫びをあげた。

「翔吾の好みは鞭を打ちながらハメることだが、私の好みは鞭を打ちながらフェラチオをさせることだ」

「ああーん、急所を狙って打つんだから、翔吾さんよりも質(たち)が悪いわ」

「よし、舐めろ」

「ぐすん……あむ、あんむ！」

摩耶は涙ぐんだが、すぐに気を取り直して史人のペニスに舌を絡めた。彼自身の分泌した淫液と真澄美の分泌した蜜液とが混じり合い何とも表現できない淫らな味がした。

「んむ、んむ……あんむ！」

「うむ、だいぶ上達したな。私好みのメイドに仕上がってきたぞ」

史人は摩耶の舌がもたらす淫らな触感をペニスで心地よく味わいながら、彼女を褒めてやった。そのあいだじゅう彼の左手は後ろ向きにひれ伏している真澄美の尻の谷底に手を伸ばし、ラビアやクリトリス、菊蕾などをしきりにいじり回した。

「どうだ、気持ちがいいか」

「ああっ、指よりもペニスのほうが！　どうか、太くて硬いオチ×チンをもう一度入れてください」

「おまえは性器だけでなくケツの穴も犯されるのだから、そちらも準備を整えておかなければならないだろう。だから、こうやって穴をほぐしてやっているのだ」

史人は意地悪く言い聞かせると、ペニスを摩耶に舐めさせたまま指を真澄美のアヌスに突き立て、直腸の奥深くえぐり回した。

「おひっ、おひぃーん！」

グラマスな奴隷夫人は麗子のものにも匹敵する巨大な臀丘をブルブルと震わせて泣き悶えた。

「フフフ、それっ！」

「あっ、あいっ！　ああーん！」

存分にアヌスを嬲った指がようやく抜き取られ、代わりにペニスが再びヴァギナに入ってくると、真澄美は安堵と歓喜の交じった叫びを込みあげさせた。

「じゃあ、おいらも気分転換を……」

すると、今度は翔吾が絵理菜の性器からペニスを抜き、摩耶の口にあてがった。

「ん、あむ……」

摩耶はすぐに翔吾のペニスを口に咥えた。

テーブルの上にひれ伏した奴隷夫人たちは後ろ向きのポーズで背後からペニスを挿入されているが、彼女たちに挟まれた摩耶は四つん這いで顔を男たちに向けている。

それで、彼女は左右に首を伸ばせば史人のペニスも翔吾のペニスも咥えることができるのだった。

「むむ、ぺろ、ぺろり！」

「ヒヒヒ、こいつはいいや。奴隷夫人を泣かしたチンポをすぐさま隣からしゃぶってくれる。ネエちゃんは気のきいた役どころを任されているな」

「あむ、メインは真澄美さんと絵理菜さんだから、私は裏方に回るしかないのよ……

む、ぺろ！　でも、二人のオチ×チンを交互に舐めると興奮しちゃうわ」

「淫乱メイドの本領発揮ってところだな……ほら、ついでにマゾの悦びも味わわせてやるぜ」

――ピシーン！

「ひゃーん、むうっ！……ああん、鞭を打たれながらオチ×チンを咥えると、本当に興奮するのよ。もう病みつきになってしまうわ……ぺろ、あんむ」

摩耶は鞭の痛みにもめげず、熱心にペニスをねぶった。一時的に清められたペニスが口から抜き取られ、再び絵理のヴァギナに挿入されるのを羨ましげに見送るのであった。

3

男たちはそれぞれの担当する奴隷夫人たちを犯しながら、何度かペニスを引き抜いては摩耶に舐めさせた。奴隷夫人たちはそのあいだしばしの休憩を与えられるのだが、むしろ、彼女たちにとってはせっかく情欲が亢進したところでお預けをさせられるという、何ともつらく焦れったい時間であった。もっとも、肉欲が完全に冷めてしまう前に再びペニスが挿入されることで、肉体は以前にもまして激しく燃え上がり、男たちに支配されるマゾ奴隷の悦びを得るのであった。

こうして男たちはテーブルに後ろ向きにひれ伏して卑屈なポーズをする奴隷夫人たちを存分に犯したが、やがてどちらから言いだすともなく相手を交換することにした。

「二人ともテーブルから降りるんだ」

史人と翔吾は奴隷夫人たちとの結合を解くと、彼女たちをテーブルから降ろしてやった。二人の奴隷夫人は大食堂にやってきたときからずっとテーブルの上で仕置きを受けたり性奉仕をしたりしてきたが、実に数時間ぶりに床に降り立ったのである。

しかし、彼女たちは息つく暇もなく、新たな凌辱セックスを行なうための体位を取らされた。

史人と翔吾は手分けして二脚の椅子をテーブルに背を向けるように並べ、交換した奴隷夫人たちをそれぞれの前に立たせた。すなわち、絵理菜は史人の前に、そして、真澄美は翔吾の前に……。

「片脚を持ちあげて踵を椅子の座板の上に載せろ。絵理菜は右脚を持ちあげ、真澄美は左脚を持ちあげるんだ」

男たちに背を向けた奴隷夫人のうち絵理菜は左に立ち、真澄美は右に立っている。

それで、彼女たちが注文に応じたポーズをすると、片脚を上げることによって露になった股間は互いに向かい合わせになるのであった。

「ヒヒヒ、まったく立ちマンの連続だな」

翔吾はつぎのセックス相手である真澄美の髪を摑んで顎を上げさせると、股間の性器にペニスをあてがいながらうそぶいた。

左脚の膝を折り曲げて足裏を椅子の座板についた真澄美は両手で椅子の背もたれを摑んで上体を前傾させ、後ろからペニスが侵入してくるのを待っているのであった。

「まあ、仕方ねえや。ここにはベッドなんてものはないからな……ネエちゃん！　あとでゆっくり横になって、シックスナインを愉しもうや」

「お断りですよ。シックスナインはいいけれど、そのあと絶対にお尻を打ちながらオチ×チンをハメるんだから」

奴隷夫人たちとともにテーブルから降りた摩耶は翔吾に誘われると、つんとした口調で言い返した。

「摩耶！　今度は性器とペニスをいっしょに舐めろ。私が絵理菜を犯している最中に、おまえは横から結合部を舐めるんだ」

史人も新たな凌辱対象である絵理菜の後ろに立って硬直したペニスでラビアを掃き

分けながら、そばの少女に向かって命令した。

「麗子！　おまえは翔吾の面倒を見てやれ」

「はい」

「麗子さんに舐めてもらえるとはありがたい。よろしくお願いしますぜ」

摩耶と麗子は二組の男女のあいだにひざまずいた。椅子同士は一メートル以上離れているので、アシスタント役を命じられた女たちが並んで座る余地はじゅうぶんにあった。

「さあ、絵理菜！」

「あっ？……あいっ、いいです、理事長さま」

史人がペニスを勢いよくヴァギナに侵入させると、絵理菜は悦楽の喘ぎを洩らした。

翔吾も史人も互いに遜色のないペニスの持ち主だが、相手が変わることによって彼女の興奮は新たな段階に進んだ。

「あひひっ、あいーっ！」

「どうだ、私のペニスには黒々した墨がべっとりとついているだろう」

「えっ、ペニスに墨がついている？」

「わからないのか」

「絵理菜さん！　お墨付きよ」

そばで聞いていた摩耶はすぐに謎かけの意を悟って絵理菜に教えてやった。

「あっ、陽斗へのお墨付き！　ありがとうございます！」

絵理菜は摩耶に教えられると喜悦の声をあげた。

「奴隷絵理菜は理事長さまからお墨付きの肉棒をいただき、感謝の念に堪えません。これで、陽斗を二学期も学校へ通わせることができます」

「これだけの恩恵を与えてやるのだから、夏休み中に少なくともあと二回出頭しなくてはならないぞ」

「はい！　悦んでお仕置きを受けにまいります」

「理事長さま！　私も絵理菜さんといっしょに出頭いたします。どうか、二人いっしょにお仕置きして、二人が理事長さまにお情けをいただかなくては生きていけない奴隷夫人であることを、骨の髄まで自覚させてください」

真澄美が隣から勢い込んで申し出ると、絵理菜もつづけた。

「真澄美さんといっしょにお仕置きを受け、そのあと奴隷夫人として理事長さまにお仕えし、理事長さまの快楽に御奉仕したします」

「フフフ……そらっ、お墨付きの肉棒を味わえ！」

「あっ、あいっ……ああーん、いいですぅ！」

史人がペニスをヴァギナに打ち込むと、絵理菜は大声で泣き叫んだ。だが、その声には悦びが満ちあふれていた。真澄美がそうであったように、彼女は史人のペニスをヴァギナに受けることによって、息子の在籍を保証してもらったのである。

「ヒヒヒ、ほら、真澄美！　理事長さまに代わって、おいらがチンポと鞭でお仕置きをしてやるぜ」

「ああっ、あひいっ！　ひいーん！」

――パシーッ！

「ひゃうーっ！」

翔吾に犯される真澄美はペニスとともに鞭も打ち込まれた。サディストの翔吾はセックスの最中に相手を鞭打つことによって興奮をいっそう昂(たかぶ)らせるのであった。

「摩耶！　仕事だ」

「はい！　あむ……」

「麗子さん、おいらにもお願いしますぜ」

「心得たわ！……ぴちゃ、ぺろ」

摩耶と麗子は男たちの要求に応じて、セックスをしている最中のペニスや女性器に舌を絡めた。

真澄美と絵理菜は立ったまま片膝を曲げ、足裏を椅子の座板に乗せたポーズで後ろからペニスを打ち込まれている。それで、脚の上がっている側の脇に座ると、ペニスと性器の接合部が目の前に観察され、ちょっと首を伸ばせば舌を届かせることができるのだった。

「あむ、ぺろ！」

「ぴちゃ、あむ！」

摩耶と麗子は背中合わせに床に座り、それぞれの担当するカップルの股間を熱心に舐めた。すなわち摩耶は史人のペニスと絵理菜の性器の接合部を、そして、麗子は翔吾のペニスと真澄美の性器の接合部を……。

「んむ、ぴちゃ！」

「あん、ああーん！　お墨付きのオチ×チンがいいですぅ」

「うむ、むむ！」

「ほらっ、真澄美！　おいらにどうされているんだ」

——ピシーン！

「ひゃひっ、ひーっ！　翔吾さまにお仕置きをされています」

「うんむ、うんむ、ぺろ！」

奴隷夫人たちはテーブルに向かって隣合わせに立っていて、左にいる絵理菜は右脚を持ちあげて椅子の上に置き、右にいる真澄美は左脚を持ちあげて足裏を椅子の座板に載せている。それで二人の性器は向かい合わせになっているが、彼女たちのあいだには摩耶と麗子が背中合わせに座り、ペニスを打ち込まれている最中の性器を舐めていた。

「あむ、あむ、うむ！」

「ぴちゃ、ぺろ、ぴちゃ！」

もっとも、アシスタントの女たちは女性器だけでなくペニスも舐めているのだが、ペニスの場合は常に動いているので、いちいち追いかけることは不可能であった。それで、めくれあがったラビアの端に舌を挿し込んでおけば、前後にピストン運動するペニスが勝手に触れてくれる。そうやって、摩耶と麗子は肉竿のかなりの部分を舐めることができたのである。

「おひひーん！　いつもの二倍いいです、理事長さま」

「うむ、摩耶の舌がいやらしく動いて竿筋を刺激してくれるな」

「あむ、ぺろ！　私は動かしていないですよ。旦那さまのオチ×チンが動いているんですから……むむう、むん！　でも、おいひい（おいしい）！」

「ああーん、あいーん！　翔吾さま、すごい！　ペニスといっしょに下腹がばんばんとお尻を打ちつけてきます」

「へへへ、それがおいらの得意技さ……そらっ、マゾ泣きをしろ！」

――ピシーン！

「ひゃいーん！　お尻に火がつくように灼けますぅ！」

「あむ、いやらしい匂いと味がたまらないわ……むむ、んむ！」

翔吾が真澄美を鞭打ちながらペニスをヴァギナに打ち込んでいるすぐ脇では、麗子が彼らの性器やペニスをねぶっていた。背中合わせに隣合った摩耶同様、彼女も淫らな仕事にすっかり夢中になっていた。

しかし、長年史人に仕えてきた彼女は、主人が絶頂に達する頃合いを予測することができた。

「摩耶！」

彼女は後ろの少女に小声で話しかけた。

「お尻の側から仕上げの御奉仕をするのよ」

麗子は摩耶を促して立ちあがり、彼女とともに男たちの後ろに回った。

「今度は私が旦那さまを受け持つから、おまえは翔吾を舐めておやり」

そう言うと自らは史人の背後に座り、摩耶を翔吾の後ろに座らせた。そして、少女の手本となるように史人の尻を両手で押し拡げ、双臀の谷底に顔を押しつけた。

「あむ、む、んむむ！」

「おうっ、いいぞ！」

史人は絵理菜のヴァギナをペニスに往復運動させながら、アヌスに生じた淫らな刺激に双臀をブルッと震わせた。柔らかくヌルヌルした舌が菊蕾を這い回る触感は彼の興奮を一気に加速させたのだ。

「翔吾さん！　あむ……」

摩耶も翔吾の尻の谷間に顔を埋め、菊蕾の窪みをペロペロと舐め回した。

「うお、たまらん！　ケツの穴を電気が走るみたいだ」

翔吾も摩耶の予期せぬサービスに平常心を失って叫んだ。

「そろそろかなと思っていたら、一気にやってきたぜ」

「あんむ、ぺろ！　まだイキたくないのなら、あとでまた舐めるけど」

「いいや、つづけてくれ。このまま突っ走るぜ」

翔吾は淫らでアブノーマルなアナルクンニの感覚に身を委ねたまま、以前にも増して激しく腰をスイングさせた。

「そらっ、真澄美！」

——ピシーン！

「ひゃあっ、あいーん！……ひっ、ひっ、いいですーっ！」

翔吾の変容は真澄美にも伝わった。彼女はペニスの激しい突きあげと短鞭の打擲にかつてないほど興奮し、巨大な尻をヒクヒクとうねらせてペニスの動きに応じた。

「絵理菜！」

「わひっ、わひいっ！　理事長さまぁ！……ひいーん！」

翔吾の隣でも史人が絵理菜の膣に向かって深く激しくペニスを打ち込んだ。絵理菜は悦虐の悲鳴をあげ、絶頂の予兆を感じて体をブルッと痙攣させた。

「あひっ、あわっ？……イ、イク……ひーん、イクうーっ！」

「うむ、私もだ……そらっ、そらっ！」

「おうっ、真澄美！　たっぷりぶちまけてやるぜ！」

「ひん、ひいーん！　くださぁーい！　あひーん、イキますぅ！」

二組の男女は激しく燃焼する快楽の中で絶頂感を味わった。そして、彼らの後ろの摩耶と麗子もそれぞれのアヌスを夢中になって舐めるのだった。

エピローグ

八月の終わりになって摩耶が横浜の自宅に戻る日、麗子が車で伊東駅まで送ってくれることになった。

「よかったわね。旦那さまが聖進学園の園長先生と懇意で」

麗子はSUVのハンドルを握りながら、助手席の摩耶に向かって話しかけた。

「旦那さまの口ききで、二学期から真面目に登校すれば一学期の欠席は大目に見てくれるということになったんでしょう」

「ええ、おかげさまで」

「それにしてもネエちゃん、どうしてまた学校へ行く気になったんだ」

後ろの座席から翔吾が口を出した。彼は駅前の商店街で買い物の用事があったので、麗子の車に便乗させてもらったのである。

「う―ん……お屋敷にやってくる奴隷夫人たちを見て、いろいろ考えさせられたのよ」

摩耶はちょっと複雑そうな表情を顔に浮かべた。

「あの人たちって、本当に息子のことで苦労しているでしょう。退学させられそうな息子を救うために旦那さまに肉体を差し出して、精一杯の奴隷奉仕をしているのだから。それで、私もちょっと母親のことを思い出してしまったの」

「ネエちゃんの母親は淫乱で、亭主が死んだあとすぐに男を作って再婚しようとしているんじゃないのか。ネエちゃんはそのことを非難していただろう」

「ええ、たしかにそうよ。でも、奴隷夫人たちを見ていて、親が子を思う気持ちと、本人の淫乱な性質とは別物じゃないかと思ったの。奴隷夫人たちはマゾに躾けられているから、お仕置きを受けたり御奉仕をさせられたりすると、息子のことなんかすっかり忘れて淫らなプレイに没頭するでしょう」

「ヒヒヒ、息子を許してもらうためにお仕置きを受けに来たのか、自分が愉しむためにお仕置きを受けにきたのか、どちらかわからないってわけだ」

「でも、彼女たちはあくまでも息子の身代わりになってお仕置きを受けにきたのであって、卑しく発情してしまうのは女の性として仕方ないことなのよ。だから、彼女たちがマゾ奴隷としてお仕置きや御奉仕を愉しむことに罪はないと思うの」

「それと、ネエちゃんの母親とどういう関係があるんだ」

「たしかに、うちの母親は年下の恋人を作って淫乱なセックスにふけっているけれど、それもまた女の性(さが)であって、むしろ彼女は私のことを思って彼とつき合っているんじゃないかと思うようになったの。相手は大手広告代理店のコピーライターなので、再婚すれば生活が今以上に安定するんだから」

「なるほど。それで母親のもとに帰り、二学期から真面目に授業を受けようっていうんだな」

「いちおうはね……でも、このお屋敷で変なことをいっぱい覚えさせられたから、もう以前の純真な少女に戻ることはできないわ」

「ヒヒヒ、以前の純真な少女がどんなものか知らないが、旦那にはだいぶひどい目に遭わされたたな」

「あーん、翔吾さんだってひどい目に遭わせたじゃないの。結局は旦那さまと同じように、前だけじゃなく、後ろの穴まで奪ってしまうんだから……この先イケメンの彼氏ができても、お尻の穴の秘密がばれたら……ぐすん、きっとふられちゃうわ」

「まあ、そう言うな。ネエちゃんだってじゅうぶん愉しんだんだから」

「ホホホ、覚えたテクニックでイケメン君にアナルクンニをしてやれば、きっと大感激でおまえに惚れ直してくれるわ」

「もう！　麗子さんまで無責任なことを言って！　私の将来がかかっているんですからね」

摩耶はプンプン怒って麗子に食ってかかった。

「でも、おまえがまた戻ってきてくれると聞いて私は嬉しいよ。おまえはおっちょこちょいの面もあるけれど、けっこう気がきいているからね」

「あん、おっちょこちょいはよけいですよ……新学期が始まったら奴隷夫人たちの出頭はほとんど週末だけになると聞いたので、それなら平日は自宅から学校へ行き、土曜日にお屋敷にきて日曜日に帰れば学業とアルバイトが両立できるかなと思ったんです」

「へへへ、おいらも嬉しいぜ。またネエちゃんとセックスができるんだから」

「もうしませんよ。これからはイケメン彼氏との出会いに備えて体をきれいにしておくんですから」

「だが、アルバイトをしていれば、旦那のいうことをきかなくちゃならないし、お仕置きのアシスタントとして、奴隷夫人たち相手にいやらしいこともしなくちゃならないんだぞ。身をきれいになんかしていられるのか」

「あん、それが悩みの種なのよ。アルバイトをつづけるのはお給料がいいからなんだけど、お仕事自体にわくわくするような充実感があってやめられないの。もしかして、私っていやらしいことの好きな娘なのかしら」

「ホホホ、今さら自問するまでもないでしょう。要するに、メイドの仕事にはまってしまったわけね。メイド服がよく似合っていたわよ」

「あん、嵌まっちゃいました。麗子さんに騙されておっぱいも性器も丸見えのメイド服を着せられたけれど、自分の姿を意識するだけでおつゆがあふれて太股にまで伝わってしまったもの。本当にいやらしくて淫らな別荘だわ」

「ネエちゃんの性格にぴったり合う屋敷ってことだ。おいらとのお仕置きセックスにもはまったんだろう」

「ちょっとだけね。でも、もうスパチュラなんか使わないでね。あのとき翔吾さんはこう言ったじゃない。わざわざ別荘にやってくる奴隷夫人たちにスパチュラなんか使ったら失礼だって。私も今度から週末にわざわざ出向くんだから、ちゃんとした道具を使ってくれなくちゃいやよ」

「ヒヒヒ、なんだかんだ言っても、やっぱりネエちゃんは鞭を打たれながらハメられるのが好きなんだな。それなら、旦那に頼んで革鞭の長いのと短いのを一本ずつネエちゃん専用に取っておいてやるぜ」

「でも、イケメンの彼氏ができたら、翔吾さんとはお別れよ。そのときは泣いたりしないでね」

「まあ、イケメンの坊やは他人に見せるための飾りものにしておくんだな。おいらの太鼓腹と太くて硬いチンポは実用品だから、彼氏に内緒でそっちを賞味すればいいじゃねえか」

「あら、翔吾さん！　たまにはいいことを言うわね」

摩耶は翔吾の提案を聞くと、ぽんと手を打って感心したように言った。

「やっぱり私の見込んだとおり、ただのコックさんじゃなかったわ」

「ネエちゃんに褒められて光栄だぜ」

翔吾は苦笑いをしながら応じた。

「お礼に、今度やってきたときには旨い賄(まかな)い飯を食わせてやるよ」

「翔吾さんの作るご飯って、おいしいから期待しているわ……でも、そのあとが危険なのよね。賄い飯よりもっと旨いものを食わせてやるからとか言っちゃって」

「ヒヒヒ、本音はそっちのほうの期待が大きいんだろう」

「さあ、いつまでも馬鹿なことばかり言ってないで！　もう駅に着くわよ」

麗子の言うとおり、車は伊東駅前のロータリーに進入するところであった。彼女はSUVをタクシー乗り場の少し手前で停車させると、摩耶を送り出した。

「じゃあ、また来週待っているからね」

「はーい。じゃあね、麗子さん！　翔吾さん！　バイバイ！」

摩耶は明るい声で返事をして駅の構内に消えていった。その後ろ姿を見送った麗子はほっとしたようにため息をついた。

「やれやれ、憎めない子だけれど、ずいぶんとかき回してくれたわね」

すると、彼女に応じて翔吾が感心したように言った。

「ありゃ、間違いなくツンデレの小悪魔ですぜ」

◎本作品の内容はフィクションであり、登場する個人名や団体名は実在のものとは一切関係ありません。

名門女子校生メイド　お仕置き館の淫らな奉仕

めいもんじょしこうせいめいど　おしおきやかたのみだらなほうし

著者◉深山幽谷【みやま・ゆうこく】

発行◉マドンナ社
発売◉二見書房
東京都千代田区神田三崎町二‐一八‐一一
電話　〇三‐三五一五‐二三一一（代表）
郵便振替　〇〇一七〇‐四‐二六三九

印刷◉株式会社堀内印刷所　製本◉株式会社村上製本所

ISBN978-4-576-20120-7◉Printed in Japan◉